MURAT TOPAL

POLIZEI FÜR ANFÄNGER

Das ultimative Buch für
Ordnungshüter, Gesetzesbrecher
und sonstige Normalbürger

Unter Mitarbeit
von Jens Böttcher

LAPPAN

EINFÜHRUNG

Die Polizei! Keiner will sie, alle brauchen sie. Sie hilft, rettet, klärt auf, vereitelt und beschützt! Was wären wir nur ohne die Polizei! Nun sagt bloß nicht „glücklicher", denn wir sähen ohne sie ganz schön alt aus. Keiner würde uns vor den bösen Mächten auf den dunklen Straßen, geschweige denn vor den bösen Mächten in uns selbst schützen.
Im Ernst, Polizist ist echt ein beinharter und nervenaufreibender Job. Dennoch haben unsere Freunde und Helfer nicht den allerbesten Ruf, denn manchmal tun sie ja auch Sachen, die uns irgendwie nicht gerecht vorkommen. Zum Beispiel, wenn sie uns wegen irgendeiner Lappalie im Straßenverkehr anhalten – etwa wenn wir gerade ein Vorfahrtsschild umgefahren haben oder unser Auspuff seit achtzehn Kilometern unter unserem Wagen rumdengelt. Oder wenn sie uns wegen eines Banküberfalls verhaften. Tatsache ist, immer wenn wir bei unseren kleinen Sünden ertappt werden, rufen wir aus voller Brust: „Skandal! Immer auf die Kleinen!", und meinen damit natürlich uns selbst. Aber tief im Herzen wissen wir doch eigentlich alle, was wir an der Polizei haben. Es ist beruhigend, zu wissen, dass sie da ist.
Und mehr noch: Erstaunlicherweise wollten die meisten Jungs früher ja sogar selbst mal Polizist werden.

Wahrscheinlich um ein bisschen mitzuhelfen, unseren schönen Planeten etwas besser und sicherer zu machen. Oder um mit einer dicken Knarre rumzuwedeln und die Mädels zu beeindrucken. Ich kenne jedenfalls einige Menschen, bei denen das so war – das Erstgenannte natürlich!

Mich zum Beispiel. Ich habe es getan! Ich bin Polizist geworden! Das war, bevor ich Comedian wurde – und den vorlauten Witzbolden unter euch kann ich hier gleich sagen, dass das nicht das Gleiche ist. Ich habe es auch nie bereut.

Mit meiner Polizeikarriere war das so: Wie mein Name erahnen lässt, habe ich ja türkische Wurzeln. Wenn die Leute das mitbekommen, höre ich oft: „Türke und Polizist???" Was isser denn nu? Glaubt mir, es geht beides.

Ich bin ja in Berlin-Neukölln aufgewachsen. Ein echter sozialer Brennpunkt mit vielen sozialen Minderheiten, wie z.B. Leuten mit Schulabschluss oder einer geregelten und vor allem legalen Arbeit. Oder der netten Familie in der Nachbarschaft, Vater Kroate, Oma Serbin, Opa Kosovo-Albaner. Wenn da mal 'n richtiger Familienstreit am Start ist, rufen die Leute nicht die Polizei, sondern lieber gleich die Uno-Blauhelmtruppen. Bei uns im Viertel spielen die Kinder auch nicht Räuber und Gendarm, sondern Räuber und psychopathischer Massenmörder, wobei die Räuber immer die Guten sind. Ich bin übrigens der Einzige bei uns aus dem „Block", der freiwillig zur Polizei gegangen ist und nicht mit Blaulicht und Sirene abgeholt wurde ...

Meine große Hoffnung zu Beginn meiner Beamtenkarriere war, in einem Bezirk zu landen, in dem Polizisten mit einem Lächeln begrüßt werden, statt mit einem Springmesser. Und wo bin ich hingekommen? Berlin-Kreuzberg! Na ja, das Leben ist kein Wunschkonzert.

Dennoch, ich habe damals auch deshalb die Karriere auf der richtigen Seite des Gesetzes gewählt, weil ich gern mit ein we-

nig Humor und Mitmenschlichkeit gegen die Situation im Bezirk angehen wollte. Und glaubt mir, so abwegig es auch klingen mag, manchmal hat es doch tatsächlich funktioniert! Später hab ich die Polizei dann wieder verlassen, weil es ja durchaus Orte gibt, an denen Humor besser ankommt, als inmitten einer Messerstecherei im Hinterhof oder bei einer Verfolgungsjagd durch den Gemüseladen. Wie auch immer, ich kenne tatsächlich beide Seiten der Polizeimedaille, und ich glaube fest, dass Humor die Kraft hat, in vielen Lebenssituationen etwas wirklich Gutes zu bewirken. Deshalb habe ich nun dieses Buch geschrieben. Es ist ein Wörterbuch und gleichzeitig ein Harmoniebuch.
Ich hoffe nämlich inständig, dass nicht nur meine vom harten Dienst gebeutelten Polizistenkollegen darüber lachen können, sondern ebenso all die durch übereifrige Polizisten gebeutelten Normalbürger, die das seltsame und manchmal sehr spezielle Gebaren der lieben Kollegen eben einfach nicht verstehen können. Vieles ist nun mal nur ein Kommunikationsproblem. In diesem friedenstiftenden Sinne wünsche ich nun euch, liebe Leserinnnen und Leser, viel Vergnügen bei der Lektüre von „Polizei für Anfänger“.

Euer
Murat Topal

DIE GESCHICHTE DER POLIZEI

Beschäftigen wir uns doch zunächst einmal mit etwas Historie. Seit wann gibt es eigentlich die Polizei? Gab es die schon immer? Und falls ja, warum eigentlich? Wer hat sich Polizei ausgedacht?
Lauter hochinteressante Fragen, auf die es normalerweise keine guten Antworten gibt. Es existieren immerhin verschiedene Versionen der internationalen Entstehungsgeschichte der Polizei. Eine Legende besagt zum Beispiel, dass die Polizei um 1873 in den Vereinigten Staaten von Amerika erfunden wurde. Der erste Polizist der Welt war demnach angeblich ein gewisser Marshall Matt Dillon, der später dann sogar eine eigene Fernsehshow bekam (schlagt dazu bitte gern mal in einem TV-Serien-Lexikon unter „Rauchende Colts" nach, ihr werdet schon sehen, dass es stimmt!). Seine direkten Nachkommen waren Lieutenant Kojak (das war der mit dem dicken Lutschlolli und mit ohne Haare), Starsky & Hutch, Inspektor Columbo (dem übrigens nebenbei sogar die Entdeckung Amerikas zugeschrieben wird, was aber höchstwahrscheinlich Quatsch ist). Dann gabs da noch den britischen Spezialagentenpolizisten James Bond, seines Zeichens übrigens sowohl der erste offizielle Polizeicasanova und Tester von flottem Polizei-Spezialequipment (probierte alles, von Blondinen mit Goldüberzug über schießende Herrenschuhe bis zu mehrläufigen Amphibienkanonen mit Vierradantrieb). Deutsche Nachkommen dieser legendären Oberpolizisten sind z.B. Erik Ode, Derrick und der Duisburger Horst Schimanski, der in den 80er Jahren des vergangenen Jahrhunderts durch eine einzige schmuddelige Jacke und ganz viele schmuddelige Worte

ziemlich berühmt wurde. Und man kann es sich ja denken: Bevor die Polizei erfunden wurde, ging es auf der Welt echt ganz schön turbulent zu! Die Menschen konnten einfach zügellos und wild all das machen, was sie so wollten, ohne dafür einen Strafzettel zu bekommen. Das muss wirklich schlimm gewesen sein! Denkt nur an unsensible Naturen wie Dschingis Khan, Napoleon oder Alexander den Großen (der übrigens in Wirklichkeit nur ein Meter dreißig groß war, ***vgl. im Vokabelteil unter Schwerverbrecher*** **–** Kleinkrimineller). All diese schrecklichen Nachbarschaftskämpfe und all die falsch geparkten Streitwagen und Kriegsschiffe, wahrscheinlich sogar alle ohne TÜV. Von den Bandenkriegen und Familiendramen mal ganz zu schweigen. Das geht ja schon bei Adam und Eva los. Hätte es damals die Polizei schon gegeben, die rechtzeitig ein Obstverzehrverbot durchgesetzt hätte, wäre der Menschheit sicher so einiges erspart geblieben.
Aber, zugegeben, das war ja nur eine Version von vielen. Die offizielle „Polizeihistorische Sammlung“ in Berlin hat noch eine ganz andere zu bieten. Demnach ist die Polizei, so wie wir sie jetzt kennen und schätzen, in Deutschland erst viel später entstanden, nach dem Zweiten Weltkrieg nämlich. Und was haben wir der Polizei nicht alles zu verdanken!
Zum Beispiel die Erfindung von lustigen Spezialgeräten wie Alkomaten, in die man nachts reinpusten kann, sofern man dafür nicht zu betrunken ist. Oder Ordnungswidrigkeitsbescheide!
Ich persönlich finde es ja immer toll, wenn ich überhaupt mal Post bekomme. Oder tolle Uniformen! Oder Sicherheit! Jawohl, auch das verdanken wir der Polizei: Das Gefühl, stets von Freunden und Helfern umgeben zu sein, die für einen da sind, die keine Mühen scheuen, einem das Leben zu erleichtern (und wenn es nur ist, dass sie einem per sofort vollstrecktem Bußgeldbescheid die Brieftasche erleichtern).

DAS GROSSE POLIZEI-WÖRTERBUCH

Hinter den Kulissen der Polizei. Ein schonungsloser Einblick mit Begriffserläuterungen.

A

Abkürzung, die:
Eines der wichtigsten Merkmale der Kommunikation bei der Polizei, wie dieses Buch auch noch zeigen wird. Ungeklärt ist, ob die A. aus Gründen der Zeitersparnis oder der Rede- bzw. Schreibfaulheit mancher Kollegen solch eine wichtige Rolle spielt.

Abschleppen, das:
a) Gängig: das A. von falsch geparkten Fahrzeugen gehört sowohl für die Polizei als auch die Zivilbevölkerung längst zum Alltag. Derart per Abschleppung entsorgte Fahrzeuge kommen in dem für den Betroffenen schlimmsten Fall in die sog. „Amtsgarage“. Um sie von dort wieder freizubekommen, braucht man als genervtes Abschleppopfer Folgendes: alle gültigen Fahrzeugpapiere, Nerven aus Stahl und zwischen 250 und 600 Euro Bargeld, je nach Dauer des Auto-Aufenthaltes. (Eine derart geschröpfte Dame mit einem Passat, Baujahr 1992, soll nach dem Studium des Gebührenbescheids gesagt haben: „Okay, abgemacht, Sie können die Karre behalten“.) Auf einige Polizisten hingegen scheint das erbarmungslose Anordnen eines Abschleppvorgangs oft nervenberuhigende bis tiefenentspannende Wirkung zu haben. Es wurde schon mehrfach von Beamten berichtet, die dabei vor lauter Glücksgefühl nicht

mehr vollständig ansprechbar gewesen sein sollen.
b) Unglücklich: Kürzlich hat ein mir bekannter Streifenpolizist zu einer Frau gesagt: „Tut mir leid, ich muss sie leider sofort abschleppen", dabei aber übersehen, dass diese in Begleitung ihres Mannes war – dem Quarterback der „Berlin Adler".

Achslastbeschwerer, der: Polizeijargon für „Praktikant im Rücksitzbereich eines Streifenwagens".

Acht, die:
Polizeijargon für „Handschellen", wegen ihrer Form. Nach heftigem Kampf im Privat- oder Dienstgebrauch; manchmal auch „Neun" oder „Null".

Alkohol am Steuer, der: Wenn man Alkohol getrunken hat, gilt allgemein: Hände weg vom Steuer. Allerdings vor und nicht während der Fahrt! Alkohol am Steuer ist weltweit eines der größten Probleme im Straßenverkehr. Die derzeitige Promillegrenze in Deutschland ***(vgl. Promille)*** liegt bei 0,3 resp. 0,5. Das Erreichen dieser magischen Marke ist individuell. Manche Menschen müssen, um auf 0,5 Promille zu kommen nur ein einziges Bier trinken, andere müssten dafür mal drei Tage lang gar nichts trinken. Ab 0,5 wird es absolut gefährlich für alle Beteiligten und potenziell richtig teuer für die Erwischten. Es kann bis zu 1500 Euro kosten, wenn man mit Alkohol im Blut erwischt wird ***(vgl. Blutentnahme).*** Ab 2,0 Promille spricht man übrigens nicht mehr von Alkohol im Blut, sondern von Blut im Alkohol. Ein weiterer Nebeneffekt des betrunken Fahrens ist bis zu vier Monate „Lappen weg" ***(vgl. Lappen).***

Alltagskriminalität, die: Verbrechen, die zu den üblichen Geschäftszeiten (i. d. R. montags bis freitags zwischen 9 und 17.30 Uhr) verübt werden. Bei Verbrechen, die außerhalb dieser Zeiten verübt werden, spricht man polizeiintern von grausamen Kapitalverbrechen ***(vgl. DuZ).***

Anzapfen, das:
Die Polizei darf in Ausnahmefällen Telefone anzapfen ***(vgl. Telefonüberwachung)*** und sogar Gespräche mithören. Doch Vorsicht vor Verwechslungsgefahr, denn als „Anzapfen“ gilt auch das Beschlagen eines großen Bierfasses mit einem Zapfhahn zwecks Öffnung bei Festivitäten und Volksfesten. Diese Art Anzapfen wiederum hat oftmals kausal einen Alkoholtest zur Folge ***(vgl. Promille, Blaulicht)***. Es wird von einem armen Polizeischüler berichtet, der im Eignungstest darin versagte, die verschiedenen Möglichkeiten des Anzapfens zu unterscheiden und mehrmals erfolglos versuchte, einen Zapfhahn in einen Telefonhörer zu schlagen ***(vgl. auch Blutentnahme)***.

Anzeige, die:
Sammelbegriff für das Melden einer Straftat oder einer Ordnungswidrigkeit. In besonderen Fällen, etwa wenn die Anzeige schließlich dazu dient, einen Schwerverbrecher ***(vgl. Schwerverbrecher)*** endlich dingfest zu machen, wird der mutige Anzeiger aus Dankbarkeit oft mit einem kleinen Behörden-Präsent verwöhnt. Das kann alles sein: eine Weltreise inkl. ganz neuer Identität oder auch eine leckere Tafel Schokolade (die sog. Anzeigetafel).

Ausbildung, die:
Die Ausbildung eines Polizeibeamten ist zäh und beginnt im Grunde schon im Kindesalter. Es gilt dabei, hart gegen sich selbst und andere zu sein und all die gefährlichen Vorgänge des Polizeialltags so oft zu wiederholen, bis sie im Schlaf sitzen. Menschen, die es später schaffen, erfolgreiche Polizisten zu werden, haben oft schon frühzeitig diese besondere Neigung erkennen lassen. So kommt auch das folgende Polizei-Sprichwort nicht von ungefähr: Was sind die vier schwersten Jahre im Leben eines Polizisten? Die erste Klasse ***(vgl. Polizist zum Selberwerden).***

B

Bahnpolizei, die:
a) Gibt es: ein Polizeiauto auf einer Carrera-Bahn.
b) Sollte es geben: Sondereinsatzkommando, das darauf spezialisiert ist, unpünktlich fahrende Züge zu überführen, den Anschlussverkehr in Umsteigebahnhöfen zu regeln und unverständliche Bahnhofsdurchsagen zu ahnden ***(vgl. auch Vollzug, Strafvollzug)***.

Bankraub, der:
Die Polizei hat es gelegentlich mit diesem schweren Verbrechen zu tun. Als Bankraub gilt sowohl, wenn jemand eine Bank stiehlt (zum Beispiel eine Parkbank oder eine Hypovereinsbank), als auch, wenn jemand etwas aus einer Bank heraus stiehlt, zum Beispiel den Inhalt des Tresors (gängig) oder den Bankdirektor hemmungslos hinterm Beratungstresen weg (ungewöhnlich). Bankraub ist in jedem Fall kein Kavaliersdelikt und hat oft eine sehr lange Freiheitsstrafe zur Folge (die wiederum nichts mit Freiheit zu tun hat.

Beamtenbeleidigung, die:
(vgl. auch Verbullhornungen)
a) Viele Beamte leiden darunter, dass die Menschen ihnen verbal nicht wohlgesinnt sind. Um diesbezüglich einen gewissen Beamtenschutz zu gewährleisten wurde ca. 1734 in Bullenhausen a.d. Elbe ein Gesetz erlassen, das sich auf sog. Beamtenbeleidigung fokussiert. Akuter Auslöser für den Gesetzesbeschluss war damals der folgende Dialog, der auch heute noch erschreckt und aufgrund seiner hartherzigen, intellektuellen Grausamkeit schockiert. Ein Bürger trifft einen Polizisten und fragt ihn:
„Herr Wachtmeister, darf man eigentlich zu einem Polizisten ‚Vollidiot' sagen?"
„Oh! Aber nicht doch!", sagt der Beamte.
„Aber darf man zu einem Vollidioten ‚Herr Wachtmeister'

sagen?“, fragt der Mann nach. „Na ja, das wohl schon“, sagt der Polizist.

„Na dann, auf Wiedersehen, Herr Wachtmeister!“

b) Wenn Beamte nicht beleidigt werden, sondern selbst aktiv beleidigen. Dagegen gibt es aber kein Gesetz. Wenn man als unbescholtener Normalbürger von einem Polizisten beleidigt wird, kann man eigentlich nur mit Grimassen hinter dem Rücken oder mit einem ausgebufften Schienbeintritt reagieren, wobei Letzteres deutlich schlimmer bewertet wird ***(vgl. Beamtenbeleidigung a)*** und zu einer Haftstrafe bis zu 327 Jahren führen kann.

Bereitschaftsdienst, der: Polizeiintern eine äußerst unbeliebte Sache. Wer Bereitschaftsdienst hat, hängt zu Hause rum und wartet auf einen sog. Lotto-Anruf (das ist einer, der wahrscheinlich nicht kommt, aber ja immerhin vielleicht kommen könnte). Bereitschaftsdienste sind verhältnismäßig lausig vergütet (sie werden nämlich nicht als volle Diensttage betrachtet), und deshalb ist kaum ein Beamter je aus vollem Herzen zum Bereitschaftsdienst bereit.

Beschattung, die: Von einer Beschattung spricht man

a) umgangssprachlich, bei Beamten mit bestimmten chronischen Lern- oder Charakterschwächen („Der hat doch echt voll den Schatten, ey“) oder

b) bei einer sog. Observation, intern gerne auch „obsen“ genannt ***(vgl. Abkürzung)***. Hierbei handelt es sich um die minutiöse Überwachung eines oder einer Tatverdächtigen, der oder die dem observierenden Beamten unter keinen Umständen wieder entwischen darf. Als ewiges Vorbild für eifrige und unerbittliche Beschattungen gilt weltweit Berti Vogts *(vgl. als Sekundärliteratur auch Vogts' Memoiren „Die Terrier-Erinnerungen eines Wadenbeißers“,*

26 Seiten, Faltblattverlag, Mönchengladbach, 1976).

Blaulicht, das:
Gerne auch „Kreisel" oder „Fackel" genannt. Es handelt sich um eine blaue Lampe, die an Dorfdiscos erinnert. Sie befindet sich auf dem Autodach von Streifenwagen. Das B. wird bei Bedarf eigenverantwortlich von den Beamten aktiviert und blinkt anschließend vollkommen wild und irre vor sich hin ***(vgl. auch Peterwagen)***. Auch bekannt als „den Blauen anmachen", womit keineswegs gemeint ist, eine alkoholisierte Person anzupöbeln. Blaulicht, man ahnt es schon, wurde ursprünglich ausschließlich dafür eingesetzt, um betrunkene Autofahrer zu verfolgen. Damals gab es in Streifenwagen außerdem auch noch Rotlicht (für die Verfolgung von Filmproduzenten und Zuhältern), Gelblicht (für die Verfolgung von Postbeamten) und Grünlicht (für die Verfolgung von Gurkendieben). Um den Beamten das komplizierte Signallichtleben etwas zu erleichtern wurde das ganze Sortiment später der Einfachheit halber auf One-Blaulicht-fits-all reduziert. Der Einsatz von Blaulicht ist natürlich streng reglementiert. Korrekt ist der Einsatz des B., wenn die Beamten im Streifenwagen es nutzen, um

a) einem flüchtigen Verbrecher im Straßenverkehr hinterherzujagen;

b) Kollegen oder andere Verkehrsteilnehmer vor einer gefährlichen Situation zu warnen;

c) in besonderen Situationen schnell und verantwortungsbewusst zu handeln, etwa wenn eine schwangere Frau gerade den Bus verpasst hat, aber leider ganz dringend mal in den Kreißsaal muss.

Unkorrekt hingegen ist, wenn die Beamten das B. nutzen, um

a) rechtzeitig zur Sportschau zu Hause zu sein, „weil heute letzter Spieltag ist",

b) rechtzeitig auf die Wache zu kommen, weil sonst die gerade eingekaufte Pizza für den Vorgesetzten kalt wird ***(vgl. Razzia).***

c) vor jungen Damen damit anzugeben, was für 'ne tierische Leuchte sie haben resp. sind.

Blitzgerät, das:
(vgl. Radarfalle) auch „Blitzer" oder „Stadtfotograf". Fest am Straßenrand montierter, sensorgesteuerter Fotoapparat zur Überführung von Temposündern ***(vgl. Tempolimit).*** Wenn man als Autofahrer weiß, wo so ein Blitzgerät steht, kann man aber rechtzeitig „Cheese" sagen und kommt so recht kostenungünstig zu einem mehr oder weniger scharfen Foto fürs Familienalbum.

Blutentnahme, die:
auch: BE ***(vgl. Abkürzung)***. Wenn die Polizei einen verdächtig alkoholisierten Autofahrer aus dem Verkehr zieht, nimmt sie ihn meist mit zur Dienststelle – oft die „GeSa/Gefangenensammelstelle", um ihn einer BE zu unterziehen. Das hierfür erforderliche Blutzapfen (Jargon für: Blutabnehmen) darf von den Beamten allerdings nicht selbst durchgeführt werden. Im Idealfall wird hierzu ein Arzt hinzugezogen – allerdings ist auf den ersten Blick oft nicht erkennbar, wer der alkoholisierte Beschuldigte und wer der Arzt ist, sodass es schon zu folgendem Dialog gekommen sein soll:

„Halt, was machen Sie da? Ich bin der Arzt."

„Schon klar, ist gleich vorbei."

Bullen, die:
(vgl. Verbullhornungen)

Bundespolizei, die:
Die Bundespolizei (ehemals Bundesgrenzschutz) hat auch so eine Art Spezialauftrag, nämlich, die Grenzen des Landes zu sichern. Dazu gehört: Aufpassen, dass keiner die Grenzen als solche klaut, aber auch – in enger Zusammenarbeit mit den Zollbehörden – wirksame Antischmuggelbeamte einzusetzen, die

oft durch besondere Intelligenz und Wachsamkeit glänzen. Hier als Beispielfall eine Geschichte, die sich etwa im März 1967 zugetragen haben soll: An der polnischen Grenze fuhr ein Mann mit einem Fahrrad vor, auf dem Gepäckträger einen verdächtigen Sack.
Ein Zöllner hielt ihn an:
„Haben Sie etwas zu verzollen?"
Der Mann: „Nein."
Der Zöllner: „Und was haben Sie in dem Sack?"
Der Mann: „Sand."
Bei der Kontrolle stellte sich heraus, dass in dem Sack tatsächlich Sand war. Eine ganze Woche lang kam der Mann jeden Tag mit dem Fahrrad und dem Sack auf dem Gepäckträger. Am achten Tag wurde das dem Zöllner doch allmählich verdächtig, und er rief vorsichtshalber einen Kollegen des BGS als Verstärkung. Die beiden befragten den Mann am nächsten Tag zusammen:
„Was haben sie in dem Sack?"
Der Mann: „Nur Sand, wieso?"
Der Zöllner und der BGS-Mann wurden zunehmend skeptisch und begannen, den Sandsack systematisch zu untersuchen und den Sand zu sieben. Ergebnis: Nix als Sand. Der Mann kam weiterhin jeden Tag zur Grenze. Zwei Wochen später schickten die Beamten den Sand ins BGS-Labor. Ergebnis: wieder nur Sand. Nach einem weiteren enervierenden Monat der „Sandtransporte" fragten die beiden den Mann ganz offenherzig:
„Wissen Sie was, guter Mann? Wir geben Ihnen auch schriftlich, dass wir nichts verraten ... aber, geben Sie's zu! Irgendetwas schmuggeln Sie hier doch! Und nun, bitte: Sagen Sie uns nur, was es ist!"
Der Mann: „Fahrräder."

C

Computer, der:
Gibt es bei der Polizei aus Kostengründen noch nicht sehr lange (seit ca. 2006), setzen sich aber allmählich durch. Manche Beamte haben es mit der Umstellung von Schreib-

maschine auf PC immer noch etwas schwer. So wurde kürzlich in Brackel-Süd bei Thieshope folgende hilflose Frage belauscht: „Sag mal, Peter, wo spannt man denn bei der neuen flachen Schreibmaschine hier eigentlich das Papier ein?“

Cops, die:
(vgl. Verbullhornungen)

D

Demonstrationen, die:
Meist Ansammlungen von Protestlern ganz unterschiedlicher Ausrichtung. Als Chaoten bezeichnet man dabei die gewaltbereite linke Szene, als Nazis die gewaltbereite rechte Szene, als Hippies die friedensliebende Alles-wird-gut-wenn-niemand-mehr-Haarspray-mit-FCKW-benutzt-Ökoszene und als Yuppies all die, die sowieso nie im Leben auf eine Demo gehen würden. Demonstrationen müssen von der Polizei genehmigt werden und gelten gleichzeitig als grober Störfaktor im ansonsten recht gemütlichen Beamtenalltag, da genehmigte Demos eben auch beschützt werden müssen. Wobei man sich als Schützer oft fragt, ob der Genehmiger überhaupt Inhalt und Teilnehmer der Demo realisiert hat.

Drogen, die:
Sagen wir es ruhig, wie es ist: Drogenmissbrauch ist in allen Gesellschaftsschichten ein Problem. Glücklicherweise bei der Polizei nicht.

Durchsuchungsbefehl, der:
Wenn die Polizei die Wohnung eines Tatverdächtigen durchsuchen will, benötigt sie dazu einen Durchsuchungsbefehl (im Jargon auch: Wühlschein), es sei denn, es besteht akuter und dringender Handlungsbedarf, nämlich die sog. „Gefahr im Verzug“. Diese liegt allerdings im Ermessen des Beamten und kann dementsprechend alles sein z. B. Regen, Schnee, Hitze oder Frost.

Irgendwas ist ja immer gefährlich ... Oft erinnert das durchsuchte Objekt nach Abschluss der Maßnahme an eine mexikanische Würfelbude, im späteren Bericht formuliert als: „eine durchsuchungsbedingte Unordnung wurde hinterlassen“, wobei Unordnung hier ein sehr dehnbarer Begriff ist.

DuZ, der:
Abk. ***(vgl. Abkürzung)*** für „Dienst zu ungünstigen Zeiten“. Für viele also jeder Dienst. Ursprünglich die Bezeichnung für separat vergüteten Dienst an Wochenend- und Feiertagen sowie zur Nachtzeit. Da (siehe oben) im Grunde jeder Dienst DuZ ist, wird seit langer Zeit vergeblich dafür plädiert, die reguläre Bezahlung entsprechend anzugleichen. Das Gegenteil ist der Fall.

E

Eile, mit:
„Mit Eile fahren“ bedeutet die zügige Anfahrt eines Einsatzortes unter Verwendung von Blaulicht ***(vgl. Blaulicht)*** und Martinshorn ***(vgl. Martinshorn).***

Einsatzverpflegung, die:
„Ohne Mampf kein Kampf“ oder „Wie die Verpflegung, so die Bewegung“, sind altbekannte Weisheiten. Würden sich die Kollegen allerdings ausschließlich auf die dienstlich gelieferte Verpflegung verlassen, wäre der Kampf schnell verloren und die einzige Bewegung die zum Klo. So löst es bei den Kollegen regelmäßig Begeisterungsstürme aus, wenn die Versorgungstruppe (auch „Gabelkräfte“ genannt) am Einsatzort erscheint und die Thermophoren (auf Deutsch: Styroporboxen) mit dem kostbaren Inhalt liebevoll auf die Einsatzfahrzeuge feuern. „Mmmhhhh, lecker: lauwarmer Hackbraten mit vorverdautem Erbsenpüree aus der Alu-Schale. Mal was andres.“

Aus Murats Polizeialltag:

DIE FRÜCHTE DER UNBESTECHLICHKEIT

... war ich dann froh, mal wieder bei einer ganz normalen Verkehrskontrolle eingesetzt zu werden! Und auf wen treff ich da? Ümit Üsküdar. Der war mit seiner ganzen Großfamilie im Kleintransporter unterwegs, und wir haben ihn angehalten, weil seine Frau auf dem Beifahrersitz nicht angeschnallt war.

„Guten Tag, wir haben sie angehalten, weil ihre Beifahrerin nicht angeschnallt ist."

Daraufhin Üsküdar mit etwas übertrieben erschrockenem Gesicht: „Oh mein Gott! Wissen Sie, Herr Wachtmeister, vierzig Jahre leben wir in Deutschland, niemals Probleme mit der Polizei – wissen Sie, hab ich so kleine Süper-exklüsiv-Import-Export-Obst-Gemüse-Geschäft ... vierzig Jahre nie Probleme mit Polizei und jetzt das!"

Dann drehte er sich entsetzt zu seiner Frau: „Was hast du getan? Vierzig Jahre leben wir hier, niemals Probleme mit Polizei, und jetzt bringst du diese Schande über unsere Familie!"

Ich versuchte gerade den Mann zu beruhigen, da schaltete sich auf einmal seine Mutter vom Rücksitz aus ein: „Junge, hab ich dir immer gesagt, nimmst du nicht Aysegül (Ayschegül)! Aysegül keine gute Frau! Hab ich immer gesagt, nimmst du Fatima!"

Ihr glaubt nicht, was da los war. Der Mann schrie die Frau an, die Frau die Mutter, die Mutter den Sohn ...

Ich hab mir gedacht, okay, bevor das hier eskaliert: „Gut, passen Sie auf, wir belassen es noch ein Mal bei einer kostenlosen Verwarnung, aber denken Sie das nächste Mal dran."

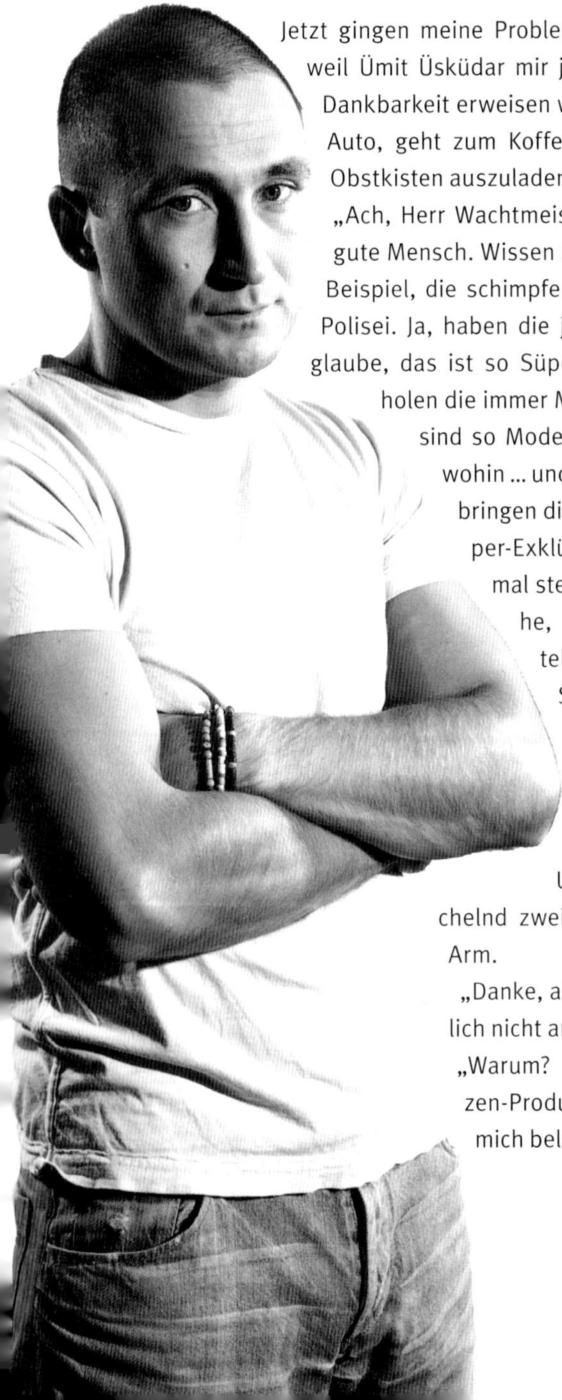

Jetzt gingen meine Probleme erst richtig los ... weil Ümit Üsküdar mir jetzt unbedingt seine Dankbarkeit erweisen wollte, steigt aus dem Auto, geht zum Kofferraum und fängt an, Obstkisten auszuladen ...

„Ach, Herr Wachtmeister, Sie sind wirklich gute Mensch. Wissen Sie, meine Neffen zun Beispiel, die schimpfen immer auf Scheise-Polisei. Ja, haben die jetzt neue Arbeit, ich glaube, das ist so Süper-Exklüsiv-Taxi ... Ja, holen die immer Mädchen ab, ich glaub sind so Model, bringen die irgendwohin ... und halbe Stunde später, bringen die wieder zurück ... Süper-Exklüsiv-Taxi. Und manchmal stehen die in zweite Reihe, bekommen Strafzettel und schimpfen auf Scheise-Polisei. Ach, ach ... diese Jungs! Aber sind de ganz lieb ... Hier, bitte schön!“

Und drückt mir lächelnd zwei Kisten Äpfel in den Arm.

„Danke, aber das kann ich wirklich nicht annehmen!“

„Warum? Ist topaktüelle Spitzen-Produkt! Oder wollen Sie mich beleidigen?“

„Nein, ich will Sie nicht beleidigen, aber wissen Sie, das ist so eine Sache mit Beamtenbestechung ...“
„Wieso Beamtenstechung? Ich hab keine Messer nix hier! Ach sooo!!! Ist Obst von Üsküdar nicht gut genug für feine Herr Wachtmeister, ja? Denken Sie, von diese Scheise Kana... nehm ich nich! Sie spucken auf meine Ehre!“
Ehre! Und wie aufs Stichwort erschienen jetzt zufällig Üsküdars liebe Neffen – in Kreuzberg besser bekannt als „Armauskugel-Ali und Beinbrech-Bülent“: „Probleme, Onkel?“
Ich kurzerhand angefangen, die Kisten einzuladen: „Nee, nee, Jungs, keine Probleme!“
Ja, ich weiß bis heute nicht, wie ich aus der Sache rausgekommen bin und vor allem, wie ich die 1,2 Tonnen Äpfel dann doch noch in den Streifenwagen bekommen habe ...

Entenschutz, der:
(vgl. Wasserschutzpolizei)

EWA, der:
Kurz für Einsatzwagen ***(vgl. Funkzentrale, FuStW).***

F

Fahndung, die:
(vgl. Rasterfahndung).

Feierabend, der:
Umschreibung für das subjektive Zeitfenster, in dem Polizeibeamte sich mal so richtig ausruhen können und nicht an den Dienst denken müssen. Variiert ganz nach individueller Berufsauffassung von „zwischen 19.30 und 8.30 Uhr" bis „zwischen 8.31 und 7.29 Uhr" ***(vgl auch DuZ).***

Festnahme, die:
Ursprünglich: Umschreibung für Verhaftungen an besonderen Festtagen (etwa: Weihnachts-Festnahme, Oster-Festnahme etc.). Später verallgemeinert, weil Polizisten, die 365 Tage im Jahr rund um die Uhr im Dienst sind, keine allgemein üblichen Festtage kennen, auf einen Anlass zum Feiern aber trotzdem nicht vollständig verzichten wollen. Ob eine Festnahme aber ein angemessener Ersatz für die fehlenden Festtage ist, bleibt umstritten ***(vgl. Verhaftung).***

Flensburg, die:
Gefürchtete Datenbank für Verkehrssünder (auch: Kraftfahrtbundesamt). Hier sammeln sich sog. „Punkte", die Führerscheininhaber für alle möglichen „heftigeren" Ordnungswidrigkeiten im Straßenverkehr erhalten ***(siehe S. 25 oben)***. Und ab einer bestimmten Punktzahl, nämlich 18, ist der Lappen weg ***(vgl. Lappen b)***.

Freundlichkeit, die:
Polizeibeamte gelten zu Recht als freundlich. Ein gutes Beispiel für diese Behauptung ist folgender Dialog, der kürzlich in Berlin am Alexanderplatz aufgeschnappt wurde:

Wie viele Punkte gibt es in Flensburg für was?
Telefonieren mit dem Handy am Ohr während der Fahrt:
1 Punkt
50km/h schnell in der 30-Zone:
3 Punkte
Fahrerflucht:
6 Punkte
Das Rammen eines Polizeiwagens (Schuldfrage egal):
100 Punkte

Passant: „Verzeihung, Herr Polizist, kann ich an dieser Ampelkreuzung die Straße bei Rot überqueren?"
Polizist: „Ja, natürlich, Sie müssen nur vorher die Arme hochheben."
Passant: „Oh, warum das denn?"
Polizist: „Damit man Sie nachher besser unterm Auto hervorziehen kann."

Freund und Helfer, der: Es ist verblüffend: Freundlichkeit erweckt wieder Freundlichkeit. Deswegen herrscht auch oft dort so fröhliche, ausgelassene Laune, wo die Polizei ist. Häufig macht sich durch die blanke Anwesenheit der Freunde und Helfer eine Atmosphäre des gegenseitigen Wohlgesinntseins breit, das auch die junge Generation erfasst und zu Liebenswürdigkeiten anstachelt. Ein Beispiel: Ein Jugendlicher aus einer Kreuzberger Gang geht die Straße entlang und findet einen Gummiknüppel. Ein paar Meter weiter steht ein Polizeibeamter.
Der Jugendliche: „Ist das Ihr Gummiknüppel, Herr Polizist?"
Polizeibeamter schaut nach: „Nee, kann nich sein, meinen hab ich verloren."

Funk, der:
a) Eine besondere Art der ursprünglich afroamerikani-

schen Tanzmusik. Ende der 60er Jahre aus Einflüssen von Soul, R ,n' B und Jazz entstanden.
b) Die bei der Polizei verwendete drahtlose Nachrichten-Übertragungstechnik mittels Radiowellen. Der Begriff Funk selber leitet sich ab von „Funke“ und bezieht sich auf die Entwicklungsphase der drahtlosen Kommunikation, als die Sendeapparate noch Funken schlugen. Der Begriff „Funke“ für die Bezeichnung des Funkgerätes ist übrigens immer noch geläufig („Mach ma' die Funke an!“). Bei der Polizei unterscheidet man zwischen 2-Meter- und 4-Meter-Geräten, wobei die 4-m-Geräte meist fest eingebaut und die 2-m-Geräte in erster Linie die tragbaren, sog. „Handfunken“ sind. Dabei bezieht sich die Bezeichnung 2 m und 4 m nicht im wörtlichen Sinne auf die Reichweite, sondern auf die Frequenzbereiche (weitere Erklärungen würden den Rahmen dieses Buches sicher sprengen). Dennoch soll es schon Beamte gegeben haben, die sich, nach vergeblichen Versuchen der Kontaktaufnahme zur Dienststelle oder den Kollegen, verzweifelt gefragt haben: „Wann entwickeln die endlich mal das 18435-m-Band?“

Funkzentrale, die:
a) Allg. Synonym für Diskotheken mit Schwerpunkt auf Funkmusik.
b) Herzstück zur genauen Einsatzkoordinierung der Revier-Streifenwagen. Die Funkzentrale übermittelt per Funk Aufträge und Einsätze an die Beamten in den Einsatzwagen (kurz EWA) ***(vgl. Abkürzung).*** Funksprache hat ihre ganz eigenen Gesetze, Codes und Abkürzungen. Aber: Eine gängige Verabschiedung eines lieben Kollegen über Funk kann schon mal „Funk off“ lauten, ohne dass es irgendwie böse gemeint ist oder auch „Groß U, klein a“, ohne dass es gleich mit dem Gang zur Toilette zu tun hat. Für Nicht-Polizisten: „Sind in der Unterkunft und schalten aus.“

Aus Murats Polizeialltag:

„AU'WEIS!"

Wirklich, es stimmt. Auch viele Polizisten sind freundlich und prinzipiell jedermann wohlgesinnt. Bedauerlich nur, dass der sprichwörtliche Jedermann das nicht weiß. Wenn man auf Fußstreife ist, kommt es einem deshalb manchmal so vor, als hätten viele Menschen einfach eine Uniformallergie. Eines Tages war ich beispielsweise zu Fuß im Park unterwegs und hab an einer Ecke so einen typischen Afroeuropäer beim Trommeln entdeckt. Das war richtig cool! Ich stehe nämlich total auf diese Trommelei. Ich hab mich dann in seine Nähe gestellt, zugehört und einfach mal so aus ganzem Herzen mitgegroovt. Da kam in mir so richtig Afrika-Feeling auf, und ich hab vor meinem geisti-

gen Auge am Horizont sogar ein paar Giraffen langlaufen sehen (vielleicht waren das aber auch getarnte MEK-Beamte). Ich war jedenfalls richtig gut drauf. Blöderweise hatte ich aber meine Uhr vergessen. Da dachte ich mir: Hm, Feierabend verpassen wär jetzt aber auch irgendwie blöd. Und: Mensch, so toll wie der Mann da trommelt, da ist der bestimmt supernett und hilft dir gerne weiter. Ich gehe also auf den Trommler zu. „Entschuldigung, könnten Sie mir bitte ..." Er unterbricht abrupt seinen coolen Beat und schaut mich fassungslos an. Dann explodiert es wuchtig empört aus ihm heraus:

„Yeahjajajajajajajajajaja. I know, I know! Du will see meine Au'weis! You know fast everyday da Police asking mich for Au'weis! Au'weis! Au'weis! I have the Schnauze full of this!"

„Um Gottes willen, nein", sage ich, „ich, äh, ich fand ja nur die Musik total gut, ich wollte ja nur ..." Aber ich komme nicht mehr zu Wort, denn der arme Mann ist total am Ausrasten.

„Nonononono. You know, I don't know, why the Police treating me like dat. I don't come from Africa to get this, you know, I don't make any shit here, I just sit here and make music, you know!"

Mittlerweile sind auch einige andere Parkbesucher aufmerksam geworden, ganz nach dem Motto: Hey, was ist denn da hinten los? Lass doch mal kucken ... Lassen Sie doch mal die Kinder nach vorn ... Jeder Versuch, noch einmal kurz zu Wort zu kommen, ist absolut zwecklos. Keine Chance mehr. Und der Trommler weiter total am Ausflippen:

„Nononono! You know, I know, why da Police do this! It's because I'm black! That's Racism! Yes, Racism!"

Das ist das Stichwort. Die anderen Parkbesucher bilden derweil einen immer enger werdenden Kreis um mich und meinen netten Gesprächspartner. Die ersten Sprechchöre gehen los: „Ja, genau, Mann, lass den Mann da los!"

Wir stehen dabei immer noch zwei Meter voneinander entfernt! Und noch mehr Sprechchöre: „Hau ab! Hau ab! Hau ab! Alle-Bullen-sind-bloß-Nullen! Stoppt-den-Polizeistaat-Stoppt-den-Rassismus!“ Einer der Passanten hat mittlerweile schon mal so ganz unauffällig einen dicken Ast aufgehoben, ein anderer platziert seine Bierflasche schon mal locker in der Wurfhand und pfeift dabei unschuldig ein bisschen vor sich hin, als wär nichts. Meine Güte, was da auf einmal los ist! Menschenmassen solidarisieren sich! Erst Hunderte, dann plötzlich Tausende! Nachrichtensender fahren an, Kameraleute gehen in Position, Hubschrauber kreisen über dem Ort des Geschehens, alle besetzt mit Reportern von CNN, BBC, KWPMSU-TV-All-around-the-World-News! Und Amnesty International ist schon längst dabei, Infostände aufzubauen!

Mein plötzlicher Schweißausbruch verrät mir: Ich muss mir Gehör verschaffen. Also: Ein kurzer Schuss in die Luft: Pau!

Nur kurz ist vom Himmel das Gurren einer armen Taube zu hören, der ich wohl versehentlich einen Streifschuss verpasst habe. Es folgt ein Moment der Stille. Dann sprudelt es aus mir heraus:

„Sagt mal, Leute, spinnt ihr, oder was!? Das darf doch wohl nicht wahr sein. Ich wollte den Mann doch einfach nur fragen, wie spät es ist, weil ich meine Scheißuhr vergessen habe!“

Die Leute tuscheln und flüstern, dann packen sie enttäuscht ein und ziehen weiter. Da steh ich nun also allein im Park. Nur einer kommt noch zurückgerannt, ganz atemlos: „Viertel nach sechs!“

Und ich? Nicht nur, dass ich danach fix und fertig auf der Wache ankomme. Nee, jetzt darf ich mir auch noch 34 Seiten aus den Fingern saugen, um den Verbleib der einen einzelnen Patrone zu erklären: Ganz plötzlich und unerwartet stürzte sich die riesige Taube angriffslustig und blutrünstig auf mich, sodass mir keine andere Chance blieb, als ...

Also echt, als Polizist hat man’s manchmal wirklich nicht leicht.

Fußball, der:
Fußballeinsätze sind insbesondere bei den Beamten höherer Dienstgrade sehr beliebt, da ihre Arbeit von den unteren Chargen erledigt wird, während sie selbst am Spielfeldrand mittendrin, statt nur dabei sein können. Die restlichen Kollegen dürfen sich z.B. im Hochsommer in voll besetzten U-Bahn-Zügen mit der Begleitung von deutlich unter dem Einfluss gehaltvoller Getränke stehender und ebenso gehaltvolle Parolen grölender Fans vergnügen.

Fußstreifen, die:
a) Unbeliebtester Dienst überhaupt. Polizisten auf Fußstreife vereinsamen und fühlen sich oft schrecklich allein ***(vgl. Polzeipsychologe und „Au'weis")***.
b) Verzierung an Markenturnschuhen.

FuStW, der:
Polizeijargon für Funkstreifenwagen ***(vgl. Funkzentrale)***. Verwandte Begriffe: **RoStW** ⇢ Rockstreifenwagen, **PuStW** ⇢ Punkstreifenwagen, **Hi-HoStW** ⇢ Hiphop-Streifenwagen und **SchlStW** ⇢ Schlagerstreifenwagen. Außer dem **FuStW** gibt es noch so allerlei Fortbewegungsmittel, die die Polizei sich zunutze macht: Fahrräder, Pferde, Boote, Hubschrauber. Die meisten davon sind hochmodern ausgestattet und besitzen so ziemlich jeden Schnickschnack, den man sich nur vorstellen kann, zum Beispiel serienmäßig Airbags (Fahrräder ausgenommen), Schiebedächer (Pferde ausgenommen), Navigationssysteme (alle ausgenommen), Vorder- und Hinterantrieb (je nachdem), computergesteuerte Nachtsichtgeräte (bitte waaas?) und menschengesteuerte Nachsichtgeräte (einige – allerdings, wenn vorhanden, in der Regel defekt). Da der Polizei selbst manche Abkürzungen noch nicht kurz genug sind, heißt der **FuStW** inzwischen meistens **EWA**.

Aus Murats Polizeialltag:

DER PFLASTER-VERKÄUFER

Neulich war ich mit einem Kollegen gerade auf einer solchen Fußstreife, wir schlenderten gemütlich durch eine Einkaufsstraße. Genauer gesagt, ich schlenderte gemütlich – der Kollege marschierte eher. Die Straße kenne ich schon seit meiner Kindheit, und ebenso lange steht da ein älterer Straßenhändler, immer an der gleichen Stelle, und verkauft Pflaster am laufenden Meter. Mir ist ziemlich rätselhaft, warum ausgerechnet Pflaster, aber im Laufe der Jahre hat er sein Sortiment um Haargummis, Batterien und anderen Kleinkram erweitert. Jedenfalls ging mein Kollege plötzlich auf den alten Mann zu, ich dachte, ich seh nicht richtig, und brüllte ihn an: „Guten Tag! Dies ist eine gewerberechtliche Kontrolle! Ich hätte gerne mal die Straßennutzungssondererlaubnis und ihre Reisegewerbekarte gesehen!"
Der alte Mann hatte so etwas natürlich nicht, hat ihn auch noch nie jemand danach gefragt. Entsprechend erschrocken seine Reaktion: „Aber, ick steh doch schon immer hier! Hat sich noch nie eener beschwert! Ick tu doch nüscht Unrechtet! Ick verkoof doch bloß Pflaster ..."
Als er dann auch noch anfing zu weinen, wurde mir das Verhalten meines Kollegen endgültig peinlich. Die Passanten wurden auch schon auf uns aufmerksam.
„Sagen Sie mal, muss das sein? Jetzt lassen Sie den Mann doch die Pflaster verkaufen! Haben Sie nichts Besseres zu tun?"
Mein Kollege setzte der Öffentlichkeit auseinander, dass wir für Recht und Ordnung zu sorgen hätten, während ich am liebsten im Erdboden versunken wäre, und der alte Mann seinerseits

schon nach Luft schnappte und sich ans Herz fasste. Die Leute wurden immer aggressiver, mein Kollege immer lauter: „Gesetz ist Gesetz!“

Ich war schon dabei, mir ein Versteck zu suchen, da kam der rettende Funkspruch: „Felix 223 ! Soeben hat ein Bürger per Handy eine Schlägerei am U-Bahnhof Karl-Marx-Straße gemeldet! Sind Sie in der Nähe?“

Mein Kollege haderte mit sich, ob die Schlägerei oder die Kontrolle der Papiere des Pflasterverkäufers wichtiger wäre, entschloss sich dann aber, bezüglich des Pflasterverkäufers Gnade vor Recht ergehen zu lassen. Natürlich nicht, ohne ihn noch mal final anzubrüllen: „Da haben sie ausnahmsweise noch mal Glück gehabt!“

Wir sind also zur Karl-Marx-Straße. Als wir da ankamen, war allerdings keinerlei Schlägerei festzustellen. Mein Kollege fragte natürlich gleich über Funk in der Zentrale nach: „Zentrale, von Felix 223, können Sie den Anrufer auf seinem Handy zurückrufen? Hier ist keine Schlägerei festzustellen!“

Nun, ich habe es nicht mehr rechtzeitig geschafft, mein Handy auszuschalten, das dann in meiner Hosentasche bimmelte.

Murat Topal

Das gute alte
Cowboy- und
Indianer-Spiel.
Früh übt sich
wer es einmal
beherrschen will …

Ohne Worte ...
Dafür gibt es keine Entschuldigung!

Gott sei Dank war nicht Winter.
Das Thema Eigensicherung kam wohl
erst im zweiten Lehrjahr dran!

Ja, okay, die Kollegen in West-Palm-Beach
haben eben offensichtlich mehr Zeit zum Putzen.
Die von der Feuerwehr übrigens auch!

SEK – Spezialeinsatzkommando (siehe Seite 72):
Wenn ich nicht mittlerweile auf der Bühne stehen würde –
ich hätte es zumindest versucht.
So hätte das dann vielleicht ausgesehen.

„Wo gehts denn hier zur Männer-Umkleide?" – Immer der Nase nach ...

Meine Wanne (siehe Seite 88) hatte sogar Räder und einen Mercedes-Stern!

Zieh dich aus, leg dich hin, ich muss mit dir reden ...

... hossa, hossa! Fiesta, fiesta Mexicana ...

Tachschen! Komm'se ma' ran hier uff'n Meter,
ick kann sie ja' nich' richtisch sehn!

Hab ich so gesehen, bei mein' Freund „Fuenfzisch Zent"
... wir waren zusammen in Hort!

... das muss aber unter uns bleiben!

G

Gasmaske, die:
Darf im Rahmen von Demonstrationen nur von Polizisten getragen werden; sobald ein sog. Normalbürger mit einer Gasmaske zur Demonstration geht, macht er sich der sog. „Vermummung“ strafbar, nicht zu verwechseln mit der sog. „Verdummung“ (vergeblich sucht man analog zu dem bereits existierenden „Vermummungsverbot“ das längst fällige „Verdummungsverbot“). Heimlich, aber trotzdem rege, werden Gasmasken von den Kollegen auch nach gemeinsamem Chili-con-Carne-Verzehr eingesetzt.

Gefahr, die:
Polizeidienst ist gefährlich. Die Beamten haben es oft mit roher Gewalt und Schwerverbrechern zu tun ***(vgl. Schwerverbrecher).*** Aber das ist nicht die einzige Gefahr, denn gelegentlich droht den Beamten auch eigenes menschliches Versagen durch zu hohe Anforderungen. In diesen Fällen gilt es, clever vorzugehen und sich keine unnötige Blöße zu geben. Ein Beispiel: Zwei Beamte finden eine Leiche neben dem Gymnasium. Natürlich müssen sie ein Protokoll schreiben, und so fragt der eine den anderen: „Du, wie schreibt man eigentlich Gymnasium?“ Sagt der andere: „Komm, wir schleppen ihn lieber vor die Post.“

Geisterfahrer, der:
Der Geisterfahrer ***(vgl. auch X-Akten)*** tritt vorzugsweise in a) Geisterbahnen und auf b) Autobahnen in Erscheinung und fällt in Fall b) oft dadurch auf, konsequent auf der falschen Fahrbahn in die falsche Richtung zu fahren. Geisterfahrer sind sich des Umfangs der latenten Gefährdung ihrer Umwelt durch ihr Falschfahrverhalten oft nicht vollkommen bewusst. So soll z.B. der berüchtigte norddeutsche Geisterfahrer Horst W. einmal zu dem Kieler Polizeihauptkom-

missar Brochhagen gesagt haben: „Was heißt hier, ich fahre in die falsche Richtung? Sie wissen doch gar nicht, wo ich hinwill!"

Geldwäsche, die:
Als G. bezeichnet man den Vorgang, wenn Geldscheine in Uniformhosen o. Ä. vergessen werden und versehentlich in die Waschmaschine geraten.

GeSa, die:
Keine japanische Konkubine, sondern die Abkürzung für Gefangenensammelstelle ***(vgl. Abkürzung).*** Ist nicht nur eine Sammelstelle für Gefangene; die Räumlichkeiten werden oft auch zur körperlichen Durchsuchung genutzt („mach dich nackisch"), Vernehmungen („guter Cop, böser Cop"), erkennungsdienstliche Behandlungen („bitte recht freundlich, und ich bräuchte noch einen Vergleichsfinger") ***(vgl. Vergleichsfinger)***, unfreiwilliger Blutspenden ***(vgl. Blutentnahme)*** und vorübergehender Unterbringung entlaufener Raubtiere, beispielsweise Grizzly-Bären, Krokodile, oder tibetanische Reisratten *(vgl. Brehms Tierleben).*

GruKw, der:
Abkürzung für Gruppenkraftwagen, noch kürzer Gru. Insbesondere in Berlin auch als „Wanne" bekannt.

Gummiknüppel, der:
(vgl. Waffen, Migränestab)

Aus Murats Polizeialltag:

DER URWALD

Einen der kuriosesten Hanfgärtner haben wir mal zufällig erwischt, weil wir seine Wohnung nach einem Brand im Stockwerk darunter prüfen wollten. Auf unser Klingeln reagierte keiner, wir also die Tür aufgebrochen. Der Flur war komplett so grün-gelb-rot gestrichen, die Wände voller Bob-Marley-Poster. Und am Ende des Flures stand eine Zimmertür offen, aus der so ein eigenartiges violettes Licht herausdrang. Als wir die knarrende Tür geöffnet hatten, hörten wir die Geräusche zum Licht: „Tss, Tss, Tss, Tss ...“

Dabei handelte es sich um die Bewässerungsanlage einer ca. 20 m^2 großen Hanfplantage, da hatte sich offenbar der Bewohner das gesamte Wohnzimmer zu einem schönen Gewächshaus umgebaut, genauer gesagt, das war ein ganzer Urwald. Wir mussten uns mit dienstlich gelieferten Dschungel-Macheten einen Weg durchs Dickicht kämpfen. Zwei der Feuerwehrmänner haben etwas abgeerntet, wir haben den Rest eingepackt und sind damit zurück zum Revier. Ich stellte mir unseren Hänfling vor, wie er nach Hause kommen würde, nichts ahnend zu seiner Wohnung schlendernd und vielleicht Buffalo Soldier vor sich hin singend, und den Hinweiszettel an seiner Wohnungstür vorfinden: „Sehr geehrter Mitbürger: Ihr Wohnungsschlüssel befinden sich auf dem Polizeiabschnitt 84.“

Was wir jedenfalls nicht erwarteten, war der Typ, der dann tatsächlich bei uns erschien, um seine Schlüssel abzuholen. Von der Optik her Student, Erdkunde auf Lehramt oder etwas in der Richtung. Ich dachte zuerst, der wollte eine Anzeige aufgeben, weil sein Nachbar mal wieder Papier in den Glascontainer geworfen hätte. Mit hochrotem Kopf zog der dann wieder ab, irritiert vielleicht von unserem Lachen, vielleicht aber auch von den Geräuschen aus unserem Aufenthaltsraum: „Tss, Tss, Tss, Tss…“ Nicht, dass hier ein falscher Eindruck entsteht, verehrte Leser, das Zeug wird natürlich schnellstmöglich ordnungsgemäß vernichtet! Eben nur Stück für Stück.

H

Haftbefehl, der:
Schriftstück, das die Polizei zum Verhaften eines Tatverdächtigen berechtigt. So genannt, weil der Verhaftete infolgedessen chancenlos per Handschellen an dem Beamten haftet.

Hände hoch, die:
Traditioneller Kommandoruf, wenn die Polizei einen Verdächtigen stellt, in dessen Besitz sie eine Waffe vermutet. Auch in Kombination mit weiteren gerufenen Aufforderungen gängig, dabei aber manchmal kompliziert, denn nicht alle Beamten sind unter Stress ohne weiteres in der Lage, komplizierte Zusammenhänge richtig zu formulieren. So kam es schon zu Kommandos, die der Sache nicht in voller Klarheit dienten, z. B.: „Waffe hoch und Hände fallen lassen!; Hände hoch und Füße vor die Brust!; Beine hoch und Hände auseinander!; Hände hoch, und zwar ihre eigenen!

Hülle, die:
oft auch liebevoll „Bodenturner“ genannt; Bezeichnung für „hilflose Person“. Also ein Mensch, der – meist wegen unsachgemäßen Alkoholgenusses – seinen Weg nicht ohne fremde Hilfe fortsetzen kann. Im Idealfall jemand außerhalb des Streifenwagens.

I

Internationale Polizei-Vereinigung, die:
Die International Police Association vereinigt beinahe 30 000 Polizisten als Mitglieder. Anlaufstelle für menschliche Polizeiprobleme jeglicher Art, Freundfindungsstelle für urlaubsreife Beamte ***(vgl. DuZ)*** mit guten Fremdsprachenkenntnissen. („Helau, Partner, hau Du Yu Du? Sis is Johannes, se Polismann aus Dschörmänni. Ei kam dann Tu Yu wis mei Frau ent se sri schieltrenn für for wiks tu Florida.“)

Aus Murats Polizeialltag:

DAS AUSTAUSCH-PROGRAMM

Eines Tages verkündete mein Chef mir strahlend, dass er mich für ein weltweites Polizeiaustauschprogramm vorgeschlagen hätte. „Sie reisen um die Welt und gucken den Kollegen da mal so über die Schulter. Mensch, da kommen Sie mal hier raus. Ich weiß, Sie haben es hier nicht leicht, kommen nun mal aus einem primitiven unterentwickelten Kulturkreis ..."
Damit meinte er, wohlgemerkt, nicht die Türkei, sondern meinen Heimatbezirk Neukölln. Und so durfte ich mir dann sechs Wochen lang die Arbeitsweisen der Kollegen in der Welt anschauen.
Meine erste Station war Amerika, genauer Texas. Und das ist schon etwas ganz anderes. Der Kollege: verspiegelte Sonnenbrille, dicker Cowboyhut, fett aufgemotzter Polizeischlitten, am Armaturenbrett die Gewehrhalter mit zwei riesigen Schrotflinten und daneben ein Aufkleber: „Shoot them all – let God sort them out!" Anfangs hielt ich das noch für einen Scherz – bis zur ersten routinemäßigen Fahrzeugkontrolle. Kaum war der Fahrer gestoppt, sprang der texanische Kollege wie vom Skorpion gepiekst aus seinem gepimpten Ford Mustang GT 86V XXL Double-Turbopower und schrie in bestem Texanisch „Ich überprüfe jetzt dieses Fahrzeug. Yeehaa." Und bevor überhaupt jemand reagieren konnte, zersiebte er mit seinen beiden Pumpguns den angerosteten Pick-up des zusammen ca. 189 Jahre alten Farmerpärchens. Danach ging er seelenruhig zu dem Truckwrack und sagte zum geschockten Fahrer: „Police! Your driving licence and the registration Papers! Please."

Meinen verstörten fragenden Blick erwidert er mit den Worten: „Yeah buddy, that's Texas! Erst schießen, dann fragen. Safety first! Yeehaa!"

Als Nächstes war ich in Russland. Klar, hier im Westen denkt man natürlich immer gleich an Korruption, Bestechung und so, aber das ist da gar nicht so.

In Russland sind die Kollegen halt eher Dienstleister als Ordnungshüter. Wenn man zum Beispiel in Berlin mit 200 km/h durch die verkehrsberuhigte Spielstraße fährt, muss man nachher 400 Euro zahlen und ist auch noch den Führerschein los. Wenn man das in Russland macht, gibt man den Kollegen da vorher 300 Euro, und die fahren dann mit Blaulicht als Polizei-Eskorte voraus! In Russland sind die Polizisten eben noch direkt und bodenständig, bei einer Personenkontrolle gibt es in der Regel auch kurze, knappe Ansagen:

„Hast du Drogen? Waffen? Njet? Wie, du hast keine Waffen?! Towarischtsch, ist gefährliche Gegend hier. Brauchst du Waffe. Was willst du machen, wenn dich will jemand übers Ohr hauen bei Drogenkauf. Hast Glück, dass hast mich getroffen – kann ich dir sehr gutes Angebot machen für Kalaschnikow ...“

Meine letzte Station war Asien, da sah das alles noch ein bisschen anders aus. Asiatische Polizisten sind ja einem sehr harten Ehrenkodex unterworfen. Ein Kollege hat sogar, während ich da war, rituellen Selbstmord verübt, weil er sein Gesicht verloren hatte und mit der Schande nicht weiterleben wollte: Er hatte Papier in den Glascontainer geworfen – und alle haben es gesehen.

Internet, das:
(vgl. Computer). Bis vor kurzem waren nur bestimmte Sokos mit Computern und Internetzugang ausgestattet. Erst die zunehmende Internet-Kriminalität machte den Weg frei für das Internet in Polizeidienststellen. Und das ist gut und wichtig, denn so ist dankenswerterweise gewährleistet, dass die Beamten nicht zu sehr an Langeweile verschleißen, wenn gerade mal nix los ist. Doch leider ist auch umfangreiches Wachen-Surfen keine Garantie für Ausgeglichenheit am Arbeitsplatz. So musste am 4.3.2007 der 54-jährige Polizeimeister Werner R. aus Stuttgart-Gerlingen von mehreren Kollegen unter Androhung von Waffengewalt beruhigt werden, nachdem er in letzter Sekunde bei „eBay" im Kampf um eine tschechische Luxus-Duschhaube der Marke Snitchet überboten worden war, die er seiner Frau Hilde zum Geburtstag hatte schenken wollen.

J

JVA (Justizvollzugsanstalt), die:
Anderes Wort für Gefängnis, Knast, Bunker, Bau, Bootcamp. JVAs werden bevölkert von Schwerverbrechern, Kleinkriminellen und erfahrenem Wachpersonal. Die meisten JVAs in Deutschland sind komplett überfüllt (wahrscheinlich wegen der schmackhaften Küche und der hübschen, aus Schweden importierten Gardinen – nein, NICHT von IKEA!). Deshalb ist es für interessierte Kriminelle oft gar nicht so leicht, dort unterzukommen. Aber auch hier gilt: Beruflicher Ehrgeiz bringt einen schließlich meistens doch ans Ziel, auch wenn es manchmal Jahre dauert.

K

Kaffeemaschine, die:
Auf sehr vielen Polizeidienststellen der wichtigste Aus-

rüstungsgegenstand. So bleiben die meisten Kollegen von den übrigen, stets und ständig defekten, veralteten oder nur teilweise funktionierenden Einsatzmitteln unbeeindruckt; fehlende oder kaputte Kaffeemaschinen jedoch lösen unter den Beamten einer Dienststelle unfehlbar massenhysterische Panikattacken aus.

Kelle, die:
(vgl. auch Löffel) Bezeichnung für den mit „Stop Polizei" beschrifteten Anhaltestab. Entstand, nachdem die ursprünglich geläufige Abkürzung „Analstab" ***(vgl. Abkürzung)*** von den vorgesetzten Behörden als doch etwas zu schlüpfrig empfunden wurde.

Kleinkriminelle, der:
(vgl. Schwerverbrecher)

Knöllchen, das:
(vgl. auch Ticket, Strafzettel)
Der Begriff Knöllchen stammt noch aus der Zeit, als wohlmeinende Politessen die Strafzettel in schöne Wollmuster eingehäkelt haben, um
a) die Falschparker mit einer kleinen, selbst gemachten Aufmerksamkeit zu trösten und
b) die Strafzettel selbst vor Witterungseinflüssen zu schützen.
(Quelle: Polizeigeschichte 1883–1927, Kapitel: Richtig Knöllchen klöppeln bei jedem Wetter, Irmgard Schulze-Sawitzki [Hrsg.], Hausarbeitsverlag Magdeburg, 1045 Seiten, gebunden.)

Kriminalpolizei, die:
Abgekürzt „Kripo" ***(vgl. Abkürzung),*** wobei die meisten Beamten der Kripo vom Normalbürger unbemerkt in mehr oder minder verstaubten Büros unterschiedlichsten Ermittlungstätigkeiten nachgehen. Nur wenige Kollegen treten als Ermittler à la Derrick, noch weniger als Schimanski in Erscheinung. Ein weiterer, insbesondere bei Jugendlichen verbreiteter Irrtum ist, dass alle Zivilpolizisten automatisch Kriminalbeamte sind

(„Pass auf, da kommt Kripo, Kripo“). In Wirklichkeit handelt es sich hierbei in der Regel um Beamte der Schutzpolizei, die ihren Dienst in bürgerlicher Kleidung versehen. Richtig, ihr lieben Jugendlichen, müsste es also heißen: „Pass auf, da kommt Schupo, Schupo.“

L

Lappen, die:
a) Einwohner Lapplands
b) allg. Jargon für Führerschein

Löffel, der:
(vgl. auch Kelle) Als Löffel bezeichnet man den beleuchteten Anhaltestab, der gelegentlich wie von Geisterhand aus einem Streifenwagen lugt und eigentlich nur bedeutet, dass man als normaler Autofahrer mal hübsch flott rechts ran zu fahren hat. Wenn ein Beamter aus dem Streifendienst in einen höheren Dienst befördert wird, heißt es folgerichtig: Der hat den Löffel abgegeben.

Loyalität, die:
a) Begrüßenswerte Charaktereigenschaft.
b) Auf gewisse Weise immer noch ein Tabuthema, denn manchmal geht Loyalität unter Beamten einfach zu weit. Man kennt das ja aus amerikanischen Polizeifilmen: Der Grat zwischen Loyalität und dem Verdecken der Straftat eines Kollegen ist manchmal schmaler als der Schnurrbart von Hercule Poirot! ***(vgl. Tiere im Polizeidienst c) Schwarze Schafe).*** Dabei ist dennoch hervorzuheben, dass der Zusammenhalt von Polizeibeamten im Grunde etwas doch sehr Schönes ist, besonders unter den weiblichen Kolleginnen. Und oft ist ja auch das gedeckelte Vergehen gar nicht sooo schlimm. Ein Beispiel: Eine Polizistin stoppt eine Verkehrsteilnehmerin, die zu schnell gefahren ist.
Polizistin: „Entschuldigung, dürfte ich bitte Ihren Führerschein sehen?“
Die Frau: „Führerschein? Was ist das?“

Polizistin: „Na, das Ding, wo Ihr Bild drin ist.“
Die Frau: „Ach so“, holt ihren Schminkspiegel raus und gibt ihn der Polizistin.
Die schaut in den Spiegel und sagt: „Oh, hätte ich gewusst, dass Sie eine Kollegin sind, hätten wir uns das ja gleich sparen können.“

M

Mafia, die:
a) Ursprünglich aus Sizilien stammende, recht familiär sortierte Verbrecher-Organisation, die mittlerweile weltweite Verbreitung gefunden hat. Es ist für die Polizei schwer, gegen die Mafia vorzugehen, da sie meist im Verborgenen arbeitet und ihre Opfer erpresst (also die Mafia jetzt, nicht die Polizei!). Gängige Erpressungs- und Drohmethoden sind zum Beispiel Schutzgeldforderungen an Restaurants und Kneipen oder die Entkrönung von Kronzeugen mit anschließender Versenkung in einem kalten Fluss mit einem dicken Stein am Bein. Aber nicht alle Mafiosi arbeiten verdeckt, denn viele wissen, dass man ihnen sowieso nichts beweisen kann. Die obersten Chefs der Mafia sind die sog. „Paten“. Man findet sie im Branchenbuch unter „Patenservice“, „Singlepaten“ oder „Ü-30-Paten“.
b) Mafia, Peter. Beliebter und vollkommen unbescholtener deutschsprachiger Sänger rumänischer Herkunft ***(vgl. FuStw, dort Untergruppe: SchlStW).***

Martinshorn, das:
Nein, es handelt sich hierbei nicht um Martins Horn, sondern um die im Volksmund als „Sirene“ bekannte Sirene (Achtung! Kein Bezug zu den jungen singenden Damen in der „Odyssee“). Etymologisch basierend auf dem markerschütternden, das ganze Dorf durchdringenden Schrei des Milchbauern Martin, der beim Mäusemelken von eben diesen in sein Horn gebissen wurde.

MEK, die:
Abk. für „mobiles Einsatzkommando". Eine Sondereinheit der Landeskriminalämter (LKA), wobei auch hier vermehrt Beamte der Schutzpolizei eingesetzt werden ***(vgl. Kriminalpolizei).*** Die Beamten sind oft getarnt unterwegs. Diese Tarnung kann absolut alles sein, vom Armani-Anzug bis hin zum Giraffenkostüm, je nach Anforderung. Diese Tarnung, die es sog. verdeckten Ermittlern erlaubt, in zwielichtige Kreise einzudringen, hat oft nicht nur äußerliche, sondern auch persönlichkeitsverändernde Auswirkungen. Manche Kollegen sind derart undercover, dass selbst Freunde und Familienangehörige sie nicht mehr erkennen. Mutter zum Sohn: „Wer sind Sie? Verlassen Sie sofort mein Grundstück, sonst rufe ich die Polizei!" **Merke also:** Man erkennt getarnte Beamte entweder daran, dass sie aussehen wie getarnte Beamte, oder man erkennt sie halt daran, dass man sie gar nicht erkennt.

Migränestab, der:
Synonym für den Schlagstock, auch bekannt als „Gummiknüppel". Nicht abschließend erforscht ist, ob der Migränestab nun Migräne verursacht oder dauerhaft beseitigt, insbesondere weil es grundsätzlich untersagt ist, den Gummiknüppel gegen den Kopf einer Person einzusetzen. Jedoch soll es in Einsatzberichten schon zu folgender Formulierung gekommen sein: „Gezielte Schläge gegen Arme und Beine wehrte der Angreifer gekonnt mit dem Kopf ab."

Missgeschicke, die:
... können jedem mal passieren. Das gilt ja nicht nur für Polizisten, denn sie sind oft auch das Opfer von Fehlalarmen, die aufgrund rein menschlichen Versagens zustande kommen. Ein schönes Beispiel ist folgender besorgter Anruf eines Autofahrers bei der Polizeizentrale in Ismaning: „Helfen Sie mir, man hat aus meinem Wagen Lenkrad, Handbremse und Armaturen-

brett geklaut!“ Die Wache schickte sofort einen Streifenwagen ***(vgl. Freundlichkeit, Freund und Helfer)***, der sich Minuten später bei der Zentrale meldete und Entwarnung gab: „Zentrale? Hier Wagen drei. Es hat sich erledigt. Der Fahrzeugführer war nur versehentlich auf dem Rücksitz eingestiegen.“

Mütze, die:
Auch bekannt als „Deckel“. Dieses Relikt aus vergangenen Zeiten ist in vielen Bundesländern immer noch unverzichtbarer Bestandteil der Uniform ***(vgl. Uniform).*** So wurde es schon einigen Beamten zum disziplinarrechtlichen Verhängnis, dass sie die sechs Schritte vom Dienstgebäude zum Einsatzwagen ohne Mütze auf dem Kopf zurückgelegt haben. Dabei ist es kein Geheimnis, dass sich die Mütze insbesondere bei Massenschlägereien, Verfolgungsjagden zu Fuß oder allgemeiner Hüpf-Spring-Kletter-Renn-Aktionen, immer wieder als unpraktisch und hinderlich erweist. Und wehe dem, der den grundsätzlich immer zu tragenden Deckel womöglich gar verliert. Auch dem Bürger kann die Mütze ggf. zum Verhängnis werden. So soll einmal ein junger aufstrebender Beamter auf halbem Weg zu einem Ertrinkenden panisch zum Streifenwagen zurückgekehrt sein und dabei gerufen haben: „Moment, ich habe meine Mütze vergessen.“

N

Nudistenpolizei, die:
Gibt es nur regional. Zum Beispiel in Südfrankreich. Dort werden Beamte an FKK-Stränden eingesetzt, um dafür zu sorgen, dass niemand gegen die FKK-Bestimmungen verstößt, heißt hier: Alle mit Badehose werden kurzerhand verhaftet.

Exklusiv! Nur in diesem Buch, nur an dieser Stelle!

POLIZIST ZUM SELBERWERDEN

Tipps, Hinweise, Infos, Übungen.

Für viele Jugendliche ist Polizist weiterhin ein Traumberuf. Und das ganz zu Recht! Polizist sein ist toll und sichert einem Respekt im Freundeskreis, es sei denn, man ist zufällig im Gefängnis (oder in Berlin-Neukölln) aufgewachsen. Auf jeden Fall steht man als Polizist fast überall im Zentrum der Aufmerksamkeit.

Es gibt verschiedene Qualifikationen, um Polizist zu werden. Die Voraussetzungen sind, je nach Bundesland, ganz unterschiedlich. In Mecklenburg-Vorpommern zum Beispiel reicht ein Hauptschulabschluss und ein Nachweis darüber, dass man weniger als 60 eigene Vorstrafen hat. In Hamburg hingegen braucht man Abitur, und in Berlin wird sehr viel Wert auf Fremdsprachenkenntnisse gelegt, nämlich fließend Deutsch, Türkisch, Indisch, Italienisch und ägyptische Keilschrift.

Englisch ist hier hilfreich, aber nicht Voraussetzung, weil es in Berlin kaum noch gesprochen wird.
In Bayern wiederum kann jeder Polizist werden, der eine langjährige aktive Mitgliedschaft in der CSU nachweisen kann (bei Minderjährigen reicht meist ein Stammbaum mit Parteizugehörigkeit der letzten vier Generationen). Immerhin haben sich die Länder in einem völlig geheimen Polizeikonzilbeschluss von 1997 endlich auf einen Eignungstest geeinigt, der Bewerber für höhere Beamtenlaufbahnen vorsortiert.
Diesen 875-seitigen Fragebogen muss jeder schaffen, der später einmal Polizeipräsident werden will. Die Anforderungen in diesem Test sind hart.
Pro Fehler gibt es drei Minuspunkte, dafür aber für jede richtige Antwort siebenundzwanzig Pluspunkte und drei Übernachtungen im Bocholter Null-Sterne-Trucker-Wellnesshotel „Zum letzten Kettenraucher". Damit Sie sich selbst ein Bild machen können, sind hier einige der schwierigsten Fragen aufgeführt.

Vorbemerkung der Prüfkommission:

Die Prüfkommission weist höflichst darauf hin, dass bei den folgenden Fragen jeweils nur eine Antwort richtig ist. Das bedeutet im Einzelnen: Bitte kreuzen Sie nicht zwei Antworten an und auch nicht drei, weil sich das ja nämlich von vornherein ausschließt, sondern genau eine einzige Antwort. **Also: eine Antwort!**

Aus den Testbögen der:

1. Wasserschutzpolizei

Frage: Was passiert mit Wasser bei 100 Grad?

a) Das wird ganz schön warm.
b) Das kühlt bestimmt bald wieder ab.
c) Wenn man so einen kleinen Stoffbeutel da reinhängt, verwandelt es sich in Früchtetee.

korrekt: c)

Frage: Was passiert mit Wasser unter null Grad?

a) Dann kann man das nicht mehr trinken, dafür aber lutschen.
b) Man kann mit den Schlittschuhen da drauf einbrechen und da drin ertrinken.
c) Es taut.

korrekt: a)

Was passiert mit Wasser bei 90 Grad?

a) Gar nichts.
b) Jedenfalls nichts Besonderes.
c) Es fließt in einem rechten Winkel ab.

korrekt: c)

Aus den Testbögen der:

2. Kriminalpolizei

Aufgabe: Sie bekommen zu Fahndungszwecken eine Fotoreihe mit zwei Profil- und einer Frontalaufnahme eines flüchtigen Verdächtigen. Was ist ihr erster Gedanke?

a) Komisch, wie ähnlich die drei sich sehen.
b) Wenn wir den einen haben, verrät der uns bestimmt, wo die anderen beiden sich verstecken.

c) Gar nicht so schlecht. Zu dem Fotografen müsste ich auch mal gehen.
d) Ich fahre sofort los wie ein Bescheuerter und suche den Kerl.

korrekt: c)

Aus den Testbögen des:

3. MEK (mobilen Einsatzkommandos)

Aufgabe: Ein Mörder versteckt sich im Obergeschoss des städtischen Krankenhauses. Wie gehen Sie vor?

a) Ich lasse mich undercover ins Krankenhaus einliefern (Präferenz: im Giraffenkostüm). Dann lasse ich mich am Blinddarm operieren und kuck mal, was passiert.
b) Ich sprenge vorsichtshalber das ganze Krankenhaus in die Luft, so krieg ich den Kerl auf jeden Fall.
c) Ich rufe die Einsatzleitung und diskutiere das Problem*.
d) Ich durchsuche das Krankenhaus wie ein Bescheuerter, bis ich den Kerl habe, und wenn es Jahre dauert!

*c= gilt nicht an Feiertagen

korrekt: c)

4. Sprachübungen

4.1. Bilden Sie einen Satz aus den folgenden sechs, äh, sieben Wörtern:

Lassen – Polizist – Sie – durch – ich – bin – mich

Die final richtige Satzstellung lautet:

a) Mich bin durch ich Polizist Sie lassen.
b) Lassen Sie mich durch, ich bin Polizist.
c) Verzeihung, aber das ist mir echt zu schwer.

korrekt: c)

4.2. Sie sind im Urlaub in einem Strandbad in England, werden dort Zeuge eines bewaffneten Raubüberfalls und benachrichtigen selbstverständlich unverzüglich die einheimischen Kollegen über Telefon. Wie lautet die korrekte Formulierung?

a) Hello I'm police too from Germany. Come you fast, here was a weaponed Robberyoverfall.

b) Hello I was a robbery in a beachbath for my eyes, the evil Men had Arms in the Arms.

c) I nix english.

korrekt: a)

5. Privates Polizeitraining

Nicht jeder ist schon so weit, dass er offiziell auszubildendes Mitglied der Polizeitruppen geworden ist. Doch verzagen Sie nicht! Hier erste Übungen zum Vorbereiten und Selbermachen.

5.1. Alkoholtest zum Ausschneiden (Teil 1)

Sie sind Polizist und müssen den Seegang eines verdächtigen Autofahrers überprüfen. Schneiden Sie dafür die folgenden Seiten 61/62 mit der abgebildeten Linie sorgfältig aus und legen Sie sie in einem großen Raum aus (Wohnzimmer, Warteraum im Einwohnermeldemt o.Ä.).

Bitten Sie Ihre Frau, einen Moment auf dem Strich zu gehen und so zu tun, als sei sie leicht angedüselt. Falls ihre Frau zu cholerischen Anfällen oder Unverständnis für ihren beruflichen Ehrgeiz neigt, setzen Sie vorher einen Schutzhelm auf.

Machen Sie sich keine Gedanken, wenn Sie gerade Hemmungen hatten, dieses schöne Buch zu beschädigen und zunächst auf das Ausschneiden der Alkohollinie verzichtet haben. Das ist in

Ordnung. Sie können stattdessen auch mit einem geeigneten Schreibgerät (z.B. Edding) die gewünschte Linie auf Ihrem Laminat, Parkett oder PVC einfach aufmalen. (Achtung: Flokati ist als Unterlage eher ungeeignet.)

5.2. Machen Sie sich unbeliebt!
Sich unbeliebt zu machen ist eine weitere unabdingbare Voraussetzung, um ein wirklich guter Polizist werden zu können. Beginnen Sie mit den Übungen einfach im Freundeskreis, den Sie auf diese Weise gleich angenehm entschlacken können.

Erste Übungen zum „Sich-unbeliebt-Machen“:

- Schleppen sie das Auto ihres besten Freundes ab.
- Ketten Sie eine Ihnen nahestehende Person zu Übungszwecken mit Handschellen an ein Heizungsrohr oder eine massive Schrankwand (zum Beispiel ihre Mutter oder einen anderen engen Verwandten). **Achtung:** Helmaufsetzen nicht vergessen.
- Tragen Sie den zuvor sorgfältig ausgeschnittenen Alkohol-Linien-Test stets ganzteilig bei sich und führen Sie ihn bei jeder Gelegenheit mit ihren besten Freunden durch (zum Beispiel auf einer Jubiläumsfeier oder beim Oktoberfest).
- Rufen Sie Ihren Lebenspartner im Auto auf dem Handy an. Wenn er an den Apparat geht, stellen Sie ihm anschließend einen selbst gebastelten Gebührenbescheid zu.
- Winken Sie Ihren Lebenspartner bei jeder Gelegenheit rechts ran und überprüfen Sie seine Personalien. Oder kontrollieren Sie beim Kochen die Zutatenliste und verhän-

gen Sie bei Verstößen gegen die vorgegebene Salzmenge eine Ordnungsstrafe Ihrer Wahl.

Anregung: Drohen Sie der betreffenden Person bei Widerspruch mit direkt über dem Kochtopf gezückter Pfeffermühle mit losem Deckel.

- Setzen Sie bei großen Menschenansammlungen einen selbst gebauten Wasserwerfer ein (Supermarkt, Fußballstadion). Alternativ können Sie für diese Übungszwecke als Einstieg auch eine Wasserpistole verwenden.

6. Bewerben Sie sich.

Setzen Sie ein Bewerbungsschreiben an Ihre örtliche Polizeidienststelle auf und erwähnen Sie die schönen Erfolge, die Sie bei den Übungen erlangt haben.

Anregung: Legen Sie den ausgeschnittenen Alkoholtest mit möglichst vielen deutlich sichtbaren Schuhspuren als Anlage bei. Sollten Sie sich vorhin gegen das Ausschneiden des Testes entschieden haben, legen Sie den von Ihnen bemalten Flokati mit möglichst vielen, deutlich sichtbaren Schuhspuren als Anlage bei.

Und nun: Viel Glück! Die Polizei kann engagierte Leute wie Sie garantiert gut gebrauchen!

O

Objektschutz, der:
O. ist, wenn ein Haus oder ein Fahrzeug oder ein Land oder eine Person oder eine Tafel Schokolade ***(vgl. Anzeige)*** beschützt werden muss, weil der Verdacht besteht, dem Objekt könnte sonst etwas Schlimmes passieren. Beamte, die zum Objektschutz eingeteilt sind, dürfen sich darauf freuen, bei eisiger Kälte, strömendem Regen oder sengender Hitze bis an die Zähne bewaffnet auf und ab zu laufen, auf Dinge zu warten, die in der Regel doch nicht passieren, und viel Zeit zu haben, um über den Sinn ihres (Berufs-)Lebens nachzudenken.

Observieren, das:
(vgl. Beschattung) Intern auch Obsen genannt.

P

Peterwagen, der:
(vgl. Streifenwagen) In erster Linie im Hamburger Raum geläufige Bezeichnung für den Funkstreifenwagen. Eine Theorie zur Entstehung dieses Begriffes besagt, dass zur Zeit der britischen Besatzungsmacht in Hamburg, als die ersten Funkwagen von den Briten genehmigt werden sollten, ein deutscher Sachbearbeiter dem britischen Kontrolloffizier zu erklären versuchte, worum es sich dabei handelte: „Petrolcars, Sir." Der britische Offizier hatte wohl leichte Schwierigkeiten mit dem Hamburger Englisch, und so soll der Sachbearbeiter buchstabiert haben: „Listen Sir: P-like „Peter ..." Dem Offizier genügte das: „Oh, I know: Peterwagen" und schrieb sich die Bezeichnung für die „Radiowagen" auf und gab das Gesuch auf dem Dienstweg weiter. So entstand nach dieser Darstellung der Name „Peterwagen".
Bei Gründung der DDR konnte für den Funkstreifenwagen natürlich nicht der Begriff des Klassenfeindes verwendet werden, sodass als ostdeutsches

Pendant zum „Peterwagen" der „Toniwagen" eingeführt wurde. Diese Bezeichnung basierte auf dem realen Funkrufnamen „Toni" der Ostberliner Streifenwagen. Auch im Ausland scheinen Kosenamen für Polizeifahrzeuge durchaus üblich zu sein, wie durch den englischen Ausdruck „Bobbycar" deutlich wird ***(siehe Buchcover).***

Phantombild, das:
Die ungenaue Zeichnung eines Tatverdächtigen, von dem es kein Polizeifoto gibt und wahrscheinlich auch nie geben wird, weil aufgrund eines Phantombildes sowieso niemand erkennen kann, ob der Täter der Täter ist oder vielleicht doch die Besitzerin des Gemüseladens nebenan.

Pistolen, die:
Polizeipistolen für den normalen Streifendienst sind meist die sog. P6 von der Firma Sieg & Sauer. Räuberpistolen dagegen sind von ganz anderer Natur und meist im Buchhandel erhältlich.

Polizeiärzte, die:
(vgl. Polizeizahnärzte, Polizeipsychologe)

Polizeihunde, die:
Nicht zu verwechseln mit der „Polizeistunde", die ja fast überall längst abgeschafft ist. Polizeihunde erkennt man oft gleich am Aussehen. Sie haben vier Beine, meistens ein recht dickes Fell und viele Zähne, die sie zu passender Gelegenheit gern bedrohlich fletschen oder einem flüchtenden Drogenhändler im Galopp tief ins Wadenbein rammen. Achtung: Polizeihunde tragen meistens keine Uniform. Bedenken Sie also bei jeder gemeinen Straftat, die sie einem vermeintlich ganz normalen Hund angedeihen lassen, dass es sich bei dem Tier um einen ranghohen Beamten handeln könnte ***(vgl. Beamtenbeleidigung, Tiere im Polizeidienst).***

Polizeiliche Gegenüber, das:
a) Innerhalb der Polizei allgemein übliche Bezeichnung für

Kleinkriminelle, Schwerverbrecher, Hilflose oder hilfesuchende Personen, Chaoten und sonstige Normalbürger – also für ALLE, die ihr Geld NICHT bei der Polizei verdienen, oder doch und ggf. nur noch nicht erwischt wurden.
b) für Polizisten i. d. R. das eigene Spiegelbild, insbesondere frühmorgens nach einer langen Nachtschicht nicht immer der erfreulichste Anblick ... „Als Polizist sieht man schon ganz schön schlimme Sachen!“

Polizeimeister, der:
Irreführender Begriff, der zunächst nach spiritueller oder akademischer Glanzleistung und nach finalem Erreichen des Polizisten-Lebensziels klingt. Bezeichnet aber tatsächlich den absolut untersten aller möglichen Dienstgrade. Wenn ein Polizeimeister allerdings 50 Jahre im Dienst ist und immer wieder dramatisch knapp daran gescheitert ist, befördert zu werden, kann ihm unter besonderen Umständen von seinen Vorgesetzten inoffiziell der Ehrentitel „Polizeimeister der Herzen“ verliehen werden.

Polizeipfarrer, der:
(vgl. auch Polizeipsychologe) Achtung: Nicht zu verwechseln mit Polizeifahrer!

Polizeipsychologe, der:
Viele Psychologen ohne festes Arbeitsverhältnis heuern zum Lebensabend bei der Polizei an, und das ist gut so, denn der Polizeidienst birgt sehr viele psychische Belastungen, wie zum Beispiel die grausamen Arbeitszeiten, Überstunden, Bereitschaftsdienste und die schrecklichen Dinge, die Beamte gelegentlich im Dienst miterleben müssen. Polizeipsychologen haben allerdings streng geregelte Arbeitszeiten (Mo. und Di. 9–12 und 15–16 Uhr, Mi. geschlossen, Do. und Fr. 9–12 Uhr), so dass nicht alle bedürftigen Beamten in den Genuss ei-

ner Behandlung kommen, weil sie sich meistens die komplizierten Öffnungszeiten nicht merken können. Glücklicherweise gibt es aber ja auch noch den Polizeipfarrer dessen Verfügbarkeitszeiten viel besser zu merken sind (So. 10–11 Uhr, außer an Sonn- und Feiertagen).

Polizeitaucher, der:
Polizeitaucher nennt man
a) Taucher, die für zivile Jobs nicht tauchlich sind und deshalb für die Polizei arbeiten.
b) Beamte, die immer wieder spontan abtauchen, wenn es ernst wird ***(vgl. Wasserschutzpolizei).***

Polizeiwache, die:
a) Impliziert irrtümlich den Zustand des konstanten Wachseins, was natürlich nicht immer stimmt. Die exakte Bezeichnung für „Polizeiwache" müsste also wahlweise lauten:
„Wache Wache"
10.30 – 12.00 sowie
15.30 – 16.15 Uhr
„Schlafende Wache"
12.01 – 15.29 sowie
16.16 – 10.29 Uhr
b) Eine Art Sammelort für Polizisten, die die Gemeinschaft mit Gleichgesinnten schätzen, aber aus Gewissensgründen nicht den ganzen Tag im Kegelheim verbringen mögen.

Polizeizahnärzte, die:
Unterscheiden sich von normalen Zahnärzten eigentlich nur durch Nuancen, beispielsweise sagen sie zu Behandlungsbeginn nicht „Aufmachen bitte", sondern: „Aufmachen, Polizei!" Natürlich haben Polizeizahnärzte gelegentlich massiven Einfluss auf den Dienstalltag und tragen deshalb auch besondere Verantwortung. Einem internen Polizeibericht zufolge (Berlin, April 1985) musste einmal die Beschattung eines verdächtigen Drogendealers abgebrochen werden, nachdem ein Polizeizahnarzt dem beschattenden MEK Beamten nach einer Backenzahnwurzelkanalbehandlung einen missverständlichen und so am Ende fatalen Rat gege-

ben hatte. Der Beamte hatte seine geografisch günstige Wachposition in seinem als Giraffe getarnten Streifenwagen direkt gegenüber des Wohnortes des Verdächtigen verlassen und sich während einer Frühstückspause plötzlich überraschend auf der Rückseite des Häuserblocks positioniert, von wo er leider gar nichts mehr sehen konnte. Der Verdächtige entkam.
Von einem Untersuchungsausschuss dazu später befragt, rechtfertigte der Beamte das Verlassen seines Wachpostens damit, dass der Polizeizahnarzt ihm dringend geraten habe, eine Zeitlang mal auf der „anderen Seite zu kauen“.

Praktikanten, die:
(vgl. Achslastbeschwerer)
Dienstanwärter, die im Rahmen ihrer Ausbildung schon mal den Duft der großen weiten Polizeiwelt schnuppern dürfen – oft zum Leidwesen der sie betreuenden Beamten. Hier sind acht der häufigsten Fehler, die Praktikanten unterlaufen:

1. Bei der Festnahme bedrohen sie einen Täter mit dem Funkgerät und fordern Verstärkung an, indem sie in ihre Pistole sprechen.
2. Sie benötigen mehrere Stunden, um eine Unfallstelle zu sichern, weil sie die Absperrhütchen immer falsch herum aufstellen.
3. Auf die schriftliche Frage, welchen berühmten Fall sie im Leben gern lösen würden, kreuzen Praktikanten immer noch erschreckend oft „Niagarafall“ an.
4. Sie bitten um Stützräder für ihr Motorrad.
5. Beim alljährlichen und überregional-traditionellen Weihnachtsbesuch des Schillerschen Theaterstücks „Die Räuber“ kommt es vielfach zu Verhaftungen der gesamten Schauspielerschaft.
6. Sie entsprechen der Bitte eines alkoholisierten Autofahrers, den Alkoholtest ein paar Tage später durchführen zu dürfen, und geben ihm dafür den Alkoholtester mit nach Hause.

7. Sie geben Polizeihunden zur Belohnung die soeben sichergestellten sechs Kilo Kokain als Leckerchen.
8. Sie wünschen sich über Polizeifunk ihre Lieblingslieder.

Pressesprecher, der:
Wenn Journalisten und Fernsehreporter gelegentlich Polizeibeamte zum Stand aktueller Fälle befragen, verweisen die Polizeibeamten den jeweiligen Frager gern an den Pressesprecher. Zum P. wird meist derjenige im Bezirk erkoren, der die meisten Sätze zusammenhängend und möglichst fehlerfrei aussprechen kann, ohne jedoch dabei tatsächlich irgendetwas inhaltlich Relevantes zu verraten. P. quittieren allerdings oft nach kurzer Zeit den Dienst und streben aufgrund ihrer Fähigkeiten eine höhere Laufbahn in der Politik an.

Privatsphäre, die:
Polizeibeamte klagen, aufgrund ihrer unberechenbaren Einsatz- und Dienstzeiten, oft über die Unmöglichkeit eines funktionierenden Privatlebens. So erklärt sich auch, dass die Scheidungsrate in Beamtenkreisen erschreckend hoch ist. Dies gilt jedenfalls, leider, für die Polizisten mit variierenden Dienstaufgaben und -zeiten. Beamte, die sehr regelmäßigen Dienst in der Verwaltung schieben, sind von diesen schlimmen Auswüchsen sozialer Entfremdung allerdings nicht nur nicht betroffen, sondern gelten in Fachkreisen und in ihren Familien überdies als vorbildliche Ehemänner: Sie haben ja tagsüber Zeit auszuschlafen und auch alle Zeitungen schon gelesen, wenn sie von der Arbeit nach Haus kommen.

Profiler, der:
Undercover-Beamte und -Beamtinnen mit gelegentlich übersinnlichen Fähigkeiten, die manchmal durch prophetisches Hellsehen Licht in ansonsten absolut finstere Fälle bringen. Profiler arbeiten allerdings meist im Geheimen, da
a) ihre Fehlerquote recht hoch ist (im Februar 1992 wurde bei-

spielsweise der 20-jährige Informatikstudent Rico Paschke aus Berlin-Friedrichshain verhaftet, als er in einem Entenkostüm vor einem Reisebüro Werbeflyer für das Disney-Resort verteilte; ein Profiler hatte ihn verdächtigt, der Kaufhauserpresser Dagobert zu sein) und
b) Profiler angeblich grundsätzlich zu Profilneurosen neigen.

Promille, die:
(vgl. Alkohol am Steuer)

Psychologischer Stress, der: ***(vgl. Polizeipsychologe)***
Der psychologische Stress, ausgelöst entweder durch zu viel oder zu wenig Anforderungen in Polizeibeamtenkreisen ist oft brutal und kann im schlimmsten Fall zu Abhängigkeitskrankheiten wie etwa Currywurstsucht ***(vgl. Drogen)*** oder gar Schlafstörungen führen. Hierzu eines von zahllosen, wirklich erschütternden, Beispielen: Treffen sich zwei Innendienstler auf dem Dienststellenflur. Sagt der eine zum anderen: „Na, kannst du auch nicht schlafen?"

Q

Quizfrage, die:
a) Was haben Polizisten und Schnittlauch gemeinsam? Sie sind außen grün, innen hohl und treten immer gebündelt auf.
b) Gibt es einen Polizeiwitz, der einen noch längeren Bart hat?

R

Radarfalle, die:
Listig und für den gewöhnlichen Autofahrer kaum sichtbar am Wegesrand aufgestellte oder festinstallierte Maschine zur Feststellung überhöhter Fahrgeschwindigkeit ***(vgl. auch Tempolimit, Blitzgerät).*** Oft bemerken die Opfer dieses polizeilichen Raubritter-Zubehörs die Radarfalle erst, wenn es blitzt und ihnen vor Schreck noch während der Fahrt das Handy, der Cheeseburger und die Pfeifenstreichhölzer aus der Hand gleiten.

Rasterfahndung, die:
Wird meist angeordnet, wenn ein Schwerverbrecher ***(vgl. Schwerverbrecher)*** sich auf der Flucht befindet und dabei so geschickt ist, sich irgendwo zu verstecken, wo man ihn nicht gleich bemerkt, oder sich gar der Mittel der Polizei bedient und sich ganz pfiffig tarnt, zum Beispiel mit einem Giraffenkostüm ***(vgl. Undercover)***. Eine Rastafahndung wurde hingegen eingeleitet, als der in der Ragamuffin-Szene verdeckt ermittelnde Beamte Schulz-Marley seine Tarnperücke nicht mehr fand („Hat jemand von euch meine Rastas gesehen?"). Bei der Fahndung nach besonders cholerischen Verdächtigen spricht man gelegentlich auch von „Ausrasterfahndung".

Razzia, die:
a) Eine heftige Haus-, Objekt-, Party- oder Drogendealer-Wohnungs-Durchsuchung, meist überraschend und von ziemlich viel Getöse begleitet (bei einer Razzia werden auch schon mal unschuldige Türen eingetreten).
b) Lieblings-Schnellgericht vieler Polizeischüler und -praktikanten ***(vgl. Achslastbeschwerer).*** Am häufigsten bestellt werden Thunfisch-Razzia mit doppelt Käse und Dillgürkchen sowie Razzia Prosciutto mit doppelt Funghi und Hackfleischbällchen.

S

Schlangenlinien, die:
Bezeichnet die Bewegungen
a) einer aus dem Zoo entwischten Reptilie;
b) eines Pkw, der von einem schwer alkoholisierten Fahrer gelenkt wird;
c) die auf den Fußboden gemalte Diskretionslinie in einer Warteschlange (z.B. in einer Bank).

Schmuggeln, das:
Bezeichnet den illegalen Vorgang, etwas Illegales illegal in ein Land ein- oder aus einem Land auszuführen, in dem es als illegal gilt, selbiges ein-

oder auszuführen ***(vgl. auch Bundesgrenzschutz)***.

Obacht: Es erfordert genaue Recherche, was man wo nicht ein- oder ausführen darf. Beispiele für Einführverbote: bereits gegrillte Thüringer Bratwürstchen oder Schinkenbananesandwiches nach Nordamerika, Haschisch in die Türkei und christliche Literatur nach Nordkorea.

Achtung! Nicht zu verwechseln mit legalen Importwaren, die man weltweit ganz offiziell einführen darf, zum Beispiel Fieberzäpfchen oder Bluttransfusionsnadeln. Beispiel für Ausführverbote: Die Frau des eigenen Chefs (gilt weltweit).

Schutzmann, der:
Trad. und mittlerweile veralteter Begriff für Polizeibeamter. Stammt aus einer Zeit, in der noch klar war, dass die Polizei einen stets beschützt und nicht wegen jeder Kleinigkeit ein Bußgeld aufbrummt. ***(Moderne Abwandlungen des sehr respektvollen Begriffs vgl. Verbullhornungen).***

Schwerverbrecher, der:
Bezeichnung für jemanden, der etwas verbricht und während der Tat mehr als 100 Kilogramm wiegt. Artverwandt ist ein sog. Kleinkrimineller. Das ist jemand, der eindeutig kriminell ist und eine Körpergröße von ein Meter zwanzig nicht überschreitet.

SEK, das:
Abkürzung für das Spezialeinsatzkommando, ebenfalls eine Dienststelle der Landeskriminalämter und größtenteils besetzt mit Beamten der Schutzpolizei ***(vgl. MEK).*** Das SEK wird immer dann gerufen, wenn es für die anderen zu gefährlich wird, also bei den richtig schweren Straftaten wie z.B. Geiselnahme, Banküberfall, das Werfen von Papier in Altglascontainer etc. Das SEK hat den großen Vorteil, dass es zumindest ansatzweise weiß, warum es gerufen wurde und dann gut ausgerüstet, trainiert und im Team entsprechend effektiv agieren kann. Als normaler Streifenpolizist weiß man

dagegen im Vorfeld oft nicht, ob einen hinter der Tür in der lärmenden Wohnung die Oma Bresicke oder womöglich ein bis an die Zähne bewaffneter Psychopath erwartet. SEK-Beamte müssen nicht nur ein hartes und umfangreiches Auswahlverfahren bestehen, sondern insbesondere auch die darauffolgende 20-wöchige Basis- und Spezialausbildung, in der die Beamten oftmals an ihre physischen und mentalen Grenzen bzw. teilweise auch darüber hinaus geführt werden. Das Erscheinen des SEK (auch „Men in Black" genannt) am Einsatzort löst bei einigen Polizeibeamten Empfindungen von Bewunderung oder Neid aus. Bei den weiblichen Kolleginnen weil, ... na, ihr wisst schon ... und bei vielen männlichen Kollegen wegen eben genau dieser Wirkung. Ich gebe zu, auch für mich war das SEK ein kleiner Traum, und ich hätte mich zumindest der Herausforderung gerne gestellt, habe mich dann aber stattdessen für die Comedy-Karriere entschieden – was in vielerlei Hinsicht auch nicht zu verachten ist.

Singen, das:
(vgl. auch Verhör) Den erfolgreichen Durchbruch im Verlaufe eines Verhörs bezeichnet man polizeiintern als „Singen". Der „Sänger" verlegt sich beim Singen auf äußerst harmonische Wahrheitsäußerungen, was die Beamtenohren als wahrhaft süße Musik wahrnehmen, da nun endlich der Feierabend naht ***(vgl. Feierabend)***. So kommt es auch zustande, dass einem der berühmtesten Verbrecher aller Zeiten, dem amerikanischen Gangsterboss Al Capone, nach seinem umfangreichen Geständnis in Chicago ca. 1930 ein hochdotierter Schallplattenvertrag auf dem Polizeilabel „Sing-a-long-Records" angeboten wurde. Capone lehnte damals allerdings ab und machte gleich nach Verbüßung seiner 75-jährigen Haftstrafe lieber eine zweite Karriere als Koch in seinem kleinen Nudelrestaurant Al Dente.

Aus Murats Polizeialltag!

SPEZIALAUFTRAG

Immer wenn meinem Chef etwas irgendwie heikel vorkommt, verpasst er mir einen Spezialauftrag. Dann sagt er immer ganz langsam und bedächtig: „Herr Toooopal. Spezialauftrag." Und ich weiß, es kommt nichts Gutes. Was ich nicht schon alles an Spezialaufträgen erledigen musste! Einmal musste ich bei der Jubiläumsfeier des Dienststellenleiters für die erkrankte Bauchtänzerin einspringen, weil mein Chef meinte: „Sie als Orientale haben das doch im Blut." Anschließend hatte ich vier Wochen lang nicht nur mit Muskelkater, sondern auch noch mit dem verliebten Blick des obersten Chefs zu kämpfen.

Spezialauftrag, der:
a) Speziell für die weiblichen Kolleginnen entwickelte Kosmetikreihe, die den speziellen Anforderungen des harten Dienstalltags gewachsen ist.
b) Viele gut ausgebildete oder gutmütige Polizisten qualifizieren sich für die Ausübung von Spezialaufträgen. Zum Beispiel ich.

Strafvollzug, der:
Von Strafvollzug spricht man, wenn
a) ein Bahnpolizeibeamter aus Disziplinargründen wieder mal den ungeliebten Job in hoffnungslos überfüllten Zügen antreten muss und
b) ein Zug mit Straftätern gefüllt wird (also immer dann, wenn eine Strafanstalt komplett inkl. Inventar, Wachpersonal, Sack, Pack und Häftlingen gemeinsam in die großen Ferien fährt – quasi nie ***(vgl. Vollzug)***.

Strafzettel, der:
(vgl. Ticket, Knöllchen)

Streifenwagen, der:
Beliebtes Einsatzfahrzeug der Polizei ***(vgl. auch FuStW, Peterwagen)***. Der Begriff S. stammt wahrscheinlich noch aus der Zeit, als Undercovereinsätze (vgl. dort) noch nicht hauptsächlich von Beamten in individuellen Giraffenkostümen ausgeübt, sondern stattdessen die Einsatzfahrzeuge der Beamten mit auffälligen Spezial-Lackierungen versehen wurden, um möglichst unauffälliges Beschatten zu gewährleisten. Einem Zeitzeugenbericht zufolge, waren die beliebtesten Tarnlackierungen die Modelle „Tigerstreifen" (setzte sich kurzzeitig durch, daher „Streifenwagen"), „Adlerfeder auf Spinat" und „Pinguinfell im Mondschein".

T

Tatverdächtige, der:
a) Als Tatverdächtiger gilt jemand von dem man glaubt, er könnte die betreffende Tat vielleicht verübt haben. In den

meisten Fällen sind zunächst spontan etwa 5 Milliarden Menschen tatverdächtig. Für gewöhnlich entschlackt sich der Tatverdächtigenkreis aber nach der Überprüfung sämtlicher Alibis. Dann bleiben oft nur noch ein paar Hunderttausend Tatverdächtige übrig, die des Weiteren gewissenhaft von der Polizei verhört werden ***(vgl. Phantombild, Rasterfahndung, Festnahme).***

b) Manche Beamte sind selbst Tatverdächtige, nämlich im eigentlichen Wortsinne verdächtig, etwas zu tun: „Das glaub ich jetzt nicht. Haben SIE mir etwa gerade den Strafzettel hier ... ich war doch nur zwei Minuten ..."

Andere Beamt e wiederum nicht: „Sagen Sie mal, Herr Wachtmeister, sehen Sie nicht, dass mein Nachbar schon wieder Papier in den Glascontainer wirft? Nun tun Sie doch endlich was!"

Telefon, das:

Ja, man glaubt es kaum. Auch die Polizei verfügt inzwischen über Telefone, die wegen der oft schlechten Funkverbindung ***(vgl. Funk)*** auch immer öfter zum Einsatz kommen. So hört man häufig über Funk die Aufforderung: „Ich kann Sie sehr schlecht aufnehmen, kommen Sie über Draht" (Normalbürgern allgemein als „Telefon" bekannt), bzw. neuerdings: „Kommen Sie über FuTel." (= Funktelefon; Normalbürgern allgemein als „Handy" bekannt).

Telefonüberwachung, die: abgekürzt TÜ ***(vgl. Abkürzung)***. Telefone werden sehr oft überwacht. Speziell ausgebildete Polizisten überwachen die Apparate dabei Tag und Nacht und folgen ihnen überall hin. Bei Festanschlüssen ist das meist sehr leicht, weil sie sich von Natur aus nicht viel bewegen und insgesamt als eher schwerfällig gelten. Ganz anders verhält es sich mit Mobiltelefonen. Zur Überwachung eines Mobiltelefons ist oft ein mehrköpfiges Spezialeinsatzkommando vonnöten, jedenfalls wenn der verdächtige Mensch, zu dem der mobile Anschluss gehört, gern Auto fährt oder ein eigenes Flugzeug besitzt. Sachverwandt: **Gesprächsüberwachung:** Eine Gesprächsüberwachung, auch telefonisch, ist sehr viel einfacher als eine Telefonüberwachung. Die Polizei zapft dann einfach das Telefon des Verdächtigen an und hört alles mit, was der so redet ***(vgl. Anzapfen)***.

Für eine Gesprächsüberwachung sind meist nur drei Polizisten erforderlich: Einer, der dem Verdächtigen zuhört, einer, der ihm beim Zuhören gelegentlich eine Tasse Kaffee bringt, und einer, der für den, der dem Kollegen, der die Tasse Kaffee bringt, den Kaffee vorher in einer Kaffeemaschine kocht.

Tempolimit, das:

Auf vielen Straßen gibt es Tempolimits (auch bekannt als sog. Geschwindigkeitsbeschränkungen). Die Polizei ist dafür verantwortlich, dass diese auch eingehalten werden. Dabei hat sie es nicht immer nur mit Rasern zu tun, sondern gelegentlich auch mit Zu-langsam-Fahrern, den sog. Schleichern. Viele Schleicher schleichen nicht aus Böswilligkeit, sondern weil sie schlicht die sorgfältig aufgestellten Verkehrsschilder nicht verstehen. Ein Beispiel: Ein Autobahnpolizist hält einen älteren Herrn an, der auf einem Highway ohne Geschwindigkeitsbegrenzung durch Schleicherei den Verkehrsfluss behindert. Der Polizist kommt zum Fenster.

Der Opa fragt: „Oh, waren wir zu schnell?“

Darauf der Polizist: „Nein, im Gegenteil, warum fahren Sie denn so langsam?“

Opa: „Oh, darf man schneller fahren?“

Polizist: „Na ja, ich denke so 120 km/h kann man hier ruhig fahren.“

Opa: „Aber auf dem Schild vorhin stand 81, da muss ich doch auch 81 fahren.“

Polizist: „Nein, da stand A81. Das ist die Nummer der Autobahn.“

Opa: „Ach so. Danke für den Hinweis.“

Da sieht der Polizist zwei ältere äußerst blasse Damen mit weit aufgerissenen Augen und geschocktem Blick auf dem Rücksitz sitzen und zittern und fragt fürsorglich nach: „Geht es den beiden Damen da hinten gut?“
Daraufhin der Beifahrer: „Doch, doch, wir kommen nur gerade von der B 252.“

Ticket, das:
(vgl. Strafzettel, Knöllchen) Anglizismus für Strafzettel. Mittlerweile wird der Begriff aber auch genreübergreifend angewendet, was manchmal für unerwartet gesetzeskonformes Betragen sorgt. So wurde kürzlich von einem notorischen Falschparker berichtet, der an einer Konzertkasse auf die Frage, ob er sein „Ticket gleich mitnehmen oder per Post bekommen“ möchte, hysterisch schreiend und mit dem flehenden Ausruf „Nicht schon wieder!“ sein Auto vom Behindertenparkplatz direkt vor der Eingangstür wegbewegt haben soll.

Tiere im Polizeidienst, die:
a) Kommissar Rex und Co. ***(vgl. Polizeihunde).***
b) Polizeipferde – berittene Polizisten kommen heutzutage nicht mehr allzuhäufig vor, aber es gibt sie noch, zum Beispiel in Oklahoma und Stuttgart. Wie auch die Polizeihundeführer ***(vgl. Polizeihunde)*** gelten berittene Polizisten als auffällig sensible und warmherzige Menschen. So existiert das Gerücht, dass ein besonders fürsorglicher Polizist eines Tages sein lahmendes Pferd auf dem eigenen Rücken zum Tierarzt geschleppt hat. Damit würde sich auch der Begriff „berittene Polizei“ erklären lassen.
c) Schwarze Schafe – sind nicht im eigentlichen Sinne Tiere im Polizeidienst, aber irgendwie dann wieder doch. Als schwarze Schafe bezeichnet man Beamte, die sich selbst strafbar machen und somit ihrer Vorbildfunktion nicht gerecht werden, was in der Realität natürlich NIE vorkommt.

d) Polizeibauernhof – ein anderes Wort für Streifenwagen: Vorne sitzen die Bullen und hinten die armen Schweine.

U

Überraschungserfolg, der: Auch bekannt als Kommissar Zufall, der international erwiesenermaßen einer der besten Mitarbeiter der Polizei ist. Aber auch hier gilt natürlich: Über den Kampf zum Spiel, nur der Tüchtige wird belohnt. Wie in dem folgenden Fall, der in den Akten der Wuppertaler Soko Verkehrssicherheit und Terrorbekämpfung vermerkt ist. Mai 2002: Zwei zur Vergabe eines hochdotierten Verkehrspreises abgestellte Zivilpolizisten in Gorillakostümen beobachten im Stadtverkehr aufmerksam die Verehrsteilnehmer. Einer fällt ihnen als beonders verantwortungsvoll auf: Er lässt jedem Vorfahrt, hält an jedem Zebrastreifen an und lässt die älteren Leute bereitwillig über die Straße gehen. Nach einer Weile winken die Polizisten diesen Autofahrer an den Straßenrand und gehen mit einem freundlichen Lächeln auf ihn zu. Der Mann öffnet sein Fenster und fragt, was er denn verbrochen hätte. Die netten Beamten sagten daraufhin: „Nichts, nein, Sie sind soeben zum vorbildlichsten Autofahrer gekürt worden und haben ein Preisgeld in Höhe von 1000 Euro gewonnen. Und was werden Sie denn mit dem Geld machen?“

Der Mann antwortet: „Hm, na ja, ich denk ma ... erst ma ’n Führerschein.“

Die Frau auf dem Beifahrersitz meldet sich zu Wort und sagt: „Glauben Sie ihm bloß kein Wort, der ist doch sturzbesoffen!“, woraufhin ein Jugendlicher vom Rücksitz brüllt: „Mist, ich wusste doch, dass wir mit dem geklauten Auto nicht weit kommen.“

Aus dem Kofferraum hört man derweil eine halberstickte Stimme rufen: „Was issn los da vorne? Sind wir schon rüber über die Grenze?“

Aus Murats Polizeialltag:

DER TANZWETTBEWERB

Ähnlich zum Scheitern verurteilt war auch mal einer meiner Undercover-Einsätze. Und zwar hatte ich in meinem jugendlichen Leichtsinn meinem Chef eines Tages in einem sog. „Vorgesetzten-Mitarbeiter-Gespräch" davon erzählt, dass ich in grauer Vorzeit mal eine Tanzschule besucht hatte, so ganz klassisch Standard- und Lateinamerikanische Tänze. Irgendwann kam er dann auf mich zu und sagte: „Herr Toooopal, Spezialauftrag! Dit is jenau dit Richtige für Sie! Und zwar hat in der Gitschiner Straße so ein neues Tanzlokal aufgemacht, und da sollen so dubiose Geschäfte ablaufen. Und da soll jetzt am Wochenende so ein Tanzwettbewerb stattfinden. Na ja, Herr Topal, und Sie als alter Turniertänzer ... Nein, Herr Topal, vertrauen Sie mir, das ist genau das Richtige für Sie, laut unserem Informanten ein Tanzwettbewerb, ganz klassisch, nach alter Schule!"
„Oh, Chef! Muss das denn sein?"
„Herr Tooopal, Sie wollen doch noch was werden."
Alles klar. Ich mir also am Wochenende meinen Smoking rausgekramt und mich auf den Weg gemacht zu diesem dubiosen Tanzlokal. Als ich dort ankam, wunderte ich mich schon etwas über die gangstermäßigen Türsteher, die bei einem klassischen Tanzwettbewerb eher ungewöhnlich sind und die sich offensichtlich über mein Outfit:
„Wat? DU willst HIER zum Wettbewerb? Na ja, jut, dann komm ma' rein! Viel Spaß!" Lachend öffneten sie mir die Tür.
Drinnen habe ich mich dann weiter gewundert – die anderen sahen nämlich alle irgendwie ganz anders aus als ich.

Mein Chef hatte in Vorbereitung der Undercover-Aktion natürlich dafür gesorgt, dass ich direkt ins Finale von dem Tanzwettbewerb komme, und ich hielt gerade Ausschau nach einer Tanzpartnerin und ging im Geiste noch mal die Schritte durch ... da ging auch schon die Musik los: „One, two, three, four – Breakdance!“ Wie, „Breakdance?“

Toller Informant! „Tanzwettbewerb nach alter Schule.“ Ein schöner Old-School-Breakdance-Battle war das.

Ich hatte mich vorbereitet auf Walzer, Cha-Cha-Cha und Pasoboble ...

Bei meinem Gegner sah das Ganze dementsprechend gleich ganz anders aus.

Wie dieser Undercover-Spezialauftrag für mich endete, könnt ihr euch sicherlich denken – im Freiflug zwischen die Mülltonnen im Hinterhof.

Unbestechlichkeit, die: Polizeibeamte zeichnen sich meistens durch beeindruckende, mühsam antrainierte Unbestechlichkeit aus. Die U. gehört zum Ehrenkodex der Polizei und zeugt von extremer Charakterfestigkeit. Selbst in kniffeligen Situationen haben sich viele Beamte diesbezüglich bewährt, wie etwa auch in diesem Dialog, der im vergangenen Jahr auf offener Straße in Süderbrarup belauscht wurde:
Ein tief frustrierter Bürger zu einem Streifenpolizisten: „Mensch, nun nehmen Sie doch endlich Vernunft an!"
Darauf der Streifenpolizist: „Das geht nicht. Ich bin Beamter und darf nichts annehmen."

Undercover, das: ***(vgl. auch verdeckte Ermittlung)*** Eine der Hauptaufgaben der Polizei ist es, ein vollkommen sicheres Leben für den Bürger zu gewährleisten. Der überregional bekannte Polizeislogan „Wir wollen, dass Sie sicher leben!", kommt also ganz und gar nicht von ungefähr. Um diese Sicherheit zu gewährleisten, begeben sich speziell ausgebildete Beamte immer wieder in haarsträubend gefährliche Situationen und lassen sich sogar undercover ins Verbrechermilieu einschleusen. Die Polizei bemüht sich also nach Kräften, nichts dem Zufall und schon gar nicht die ungebremste Verbrechensausübung den kriminellen Köpfen der hiesigen Unterwelt allein zu überlassen. Kurzum: Die Polizei stellt Mitarbeiter, die so tun, als seien sie selbst Verbrecher, um die eigentlichen Verbrecher hinterher eines Verbrechens zu überführen, das sie selbst unlängst als Mittäter begangen haben. Der sog. verdeckte Ermittler glänzt oft durch die Fähigkeit, sich der Situation angemessen zu verkleiden (Zebrakostüme sind übrigens bei vielen Beamten sehr beliebt). Nur selten kommt es dabei zu tragischen Pannen im großen Stil, wie beispielsweise im August 1996, als der Undercover-Beamte Beppo Hörschel von der PRW 438 in Winsen a. d. Luhe von der „Soko Undercover-Deko" fahrlässig mit dem falschen Einsatzkostüm ausgerüstet wurde und als Weihnachtsmann verkleidet an einem maskierten Raubüberfall der sog. „Osterhasen-Bande" teilnehmen wollte. Er wurde von den aufmerksamen Banditen noch vor dem gemeinsamen Banküberfall demaskiert und mitsamt seinem Requisiten-Schlitten (am Fuß) und seinen sechs, als Rentiere verkleidete, Undercover-Polizeihunden in der Luhe versenkt. Glücklicherweise konnten alle Versenkten von einem zufällig vorbeituckernden Wasserschutzpolizeiboot gerettet werden ***(vgl. Entenschutz)***, das gerade gegen eine Schutzboje gefahren und für einen Moment manövrierunfähig geworden war.

Uniform, die:

Zu unterscheiden ist zwischen dem sog. Einsatzanzug der Hundertschaften und der wesentlich unangenehmer zu tragenden klassischen Uniform, intern bekannt als „Grünbeige". Diese besteht in der Regel aus einer braunen Hose, bambusfarbenem Hemd und ggf. einer grünen Jacke und Mütze ***(vgl. Mütze)*** bzw. bei Verkehrspolizisten einer weißen Jacke und Mütze (weshalb diese Kollegen intern auch liebevoll „Mehlmützen" genannt werden). Anders als bei Institutionen wie z. B. der Feuerwehr, der Stadtreinigung und der Post wurde die Uniform der Polizei seit den 70er Jahren weder modischen, geschweige denn praktischen Bedürfnissen angepasst. Seit 2004 werden in Deutschland die Unifomen jedoch erneuert bzw. nach und nach auf ein innereuropäisch einheitliches Blau umgestellt.

Lediglich Berlin wird die alte Uniform beibehalten, dabei die von Baden-Württemberg bereits bestellten Bestände in „Grünbeige" übernehmen und sozusagen auftragen, so wie es einer Bundeshauptstadt gebührt.

Urlaub, der: Urlaubsansprüche staffeln sich bei der Polizei nach Rang, Dienstjahren und Lebensalter. Ein Beispiel: Ein soeben in den Dienst eingetretener Beamter hat zwei bis drei Urlaubstage pro Jahr, ein 58-jähriger Hauptkommissar zwischen 298 und 362 (von denen er etwa 68% auf der Wache verbringt).

V

Verbullhornungen, die: Im Laufe der Jahre haben Polizei und Polizeibeamte eine Reihe von Kose- und Spitznamen bekommen, von denen manche mittlerweile in den Alltags-Sprachgebrauch der Bevölkerung übergegangen sind. Hier einige Beispiele: Bullen (gängig), Streifenhörnchen, Polente, Sheriffs, Cops (nicht zu verwechseln mit Kobb, so die Kurzform eines Kontaktbereichsbeamten in Berlin, ähnlich dem sog. BÜNABE, dem bürgernahen Beamten in Hamburg). Außerdem: Tickettanten (weibl.), Schmutzmann, Wichtelmann, Wachtelmeister, Blaumann, Null, grüne Oma (männl.), Quietscheenten (Beamte der Wasserschutzpolizei) ***(vgl. auch Entenschutz)*** etc. Als deutscher Polizist kann man über diese meist harmlosen Verniedlichungen insgesamt aber wohl recht dankbar sein, jedenfalls wenn man sie mit weitaus weniger freundlichen internationalen Versionen vergleicht (etwa das rüde Pigs im amerikanischen oder Njujugaballalele (afrik., wörtlich übersetzt etwa Bumsblödeblaulichtbacke).

Verdeckte Ermittlung die: ***(vgl. Undercover)*** Verdeckte Ermittlungen können in Einzelfällen auch so verdeckt sein, dass die Ermittler selbst nichts davon wissen. Dann spricht man genauer auch von vergessener Ermittlung.

Vergleichsfinger, der: Nein, hier wird nicht der Finger abgeschnitten und verglichen, sondern lediglich der Fingerabdruck zur Klärung der Identität in einer polizeiinternen Datenbank abgeglichen ***(vgl. GeSa)***.

Verhaftung, die: ***(vgl. Festnahme)*** Verhaftungen sind das Salz in der Suppe des Polizistenlebens. Dennoch macht sich manchmal Mitleid breit, denn das Freund-und-Helfer-Gen ist in den Beamten natürlich stets präsent. So kommt es manchmal zu inneren Konflikten, die nicht leicht zu lösen sind. Der folgende Dialog, der im vergangenen Jahr Eingang in die Akten der Polizeipsychologen gefunden hat, ist nur ein spektakuläres Beispiel von vielen: Ein Einbrecher wurde in der Nacht von einem Polizisten auf frischer Tat ertappt und verhaftet. Auf dem Weg zum Polizeirevier fragte der Dieb mit treuem Blick, ob er vielleicht seine am Tatort vergessene Lieblingsmütze noch holen dürfe. Der Polizist entgegnete darauf: „Oh nein, mein Lieber! Den Trick kenn ich schon! Sie bleiben schön hier stehen, und ich werde Ihre Mütze selbst holen!"
In manchen Bundesländern sind die Beamten vertraglich verpflichtet, eine bestimmte Anzahl von Verhaftungen pro Quartal durchzuführen, was oft enormen psychischen Druck zur Folge hat ***(vgl. Polizeipsychologe).*** Deshalb bieten findige Polizei-Versicherungsgesellschaften seit 2004 spezielle Verhaftpflichtversicherungen für Beamte an, die so nicht mehr persönlich für größeres allg. Täterentkommen verhaftbar gemacht werden können. Diese Versicherungen sind allerdings nicht ganz billig (zwischen 8000 und 12000 Euro jährlich). Der Erlös kommt vollständig dem Innenministerium zugute, das zufällig seit Dezember 2004 durch ganz herrliche Betriebsweihnachtsfeiern in Monaco und auf den Malediven hervorsticht.

Verhör, das:
Als Verhör bezeichnet man den Vorgang, wenn ein oder mehrere Polizisten einen Verdächtigen zu einem bestimmten Tathergang befragen. Beim Verhör kommt es recht häufig zu Versprechern, aber fast nie zu Verhörern, was vornehmlich daran liegt, dass die Verdächtigen sich von absichtlichen Versprechern durchaus etwas versprechen, während die Verhörer penibel darauf achten, sich nicht zu verhören, während sie jemanden verhören ***(vgl. Singen).***

Verkehrspolizist, der:
Ein Beamter, der sich – meist mit weißer Mütze (die sog. „Mehlmütze") – auf alle Belange des öffentlichen Verkehrs spezialisiert hat, wie z.B. Geschwindigkeitskontrollen, Fahrzeugkontrollen, Bordellkontrollen. Oft sind Verkehrspolizisten auf Motorrädern unterwegs, was ihnen bei einigen neiderfüllten Kollegen den Ehrentitel „Handgasaffen" eingebracht hat.

Verkehrsunfall, der:
a) Wenn die Karossen zweier oder mehrerer Verkehrsteilnehmer sich näher kommen als gewünscht. Oft ist die Folge ein Blechschaden, auch „Kaltverformung" genannt. Verkehrsunfälle werden in verschiedene Gruppen eingeteilt: in Unfälle mit Sachschaden, mit Personenschaden, mit Personen- und Sachschaden, jeweils von leicht bis schwer. Dadurch entstehen unzählige Verwirrung stiftende Kombinationen. So verursacht so manch schwerer Blechschaden bei einigen Kollegen einen leichten Dachschaden.
b) Ungewollte Schwangerschaft.

Verwarnungsgeld, das: Verwarnungsgeld wird erhoben, wenn sich jemand einer Ordnungswidrigkeit schuldig gemacht hat. Zum Beispiel Parken im absoluten Halteverbot oder das illegale Tragen eines Polizei-Giraffenkostüms. Oft sind Verwarnungsgelder so absurd hoch,

Verkehrskontrolle-Vokabeltest	
Polizist sagt	**Polizist meint**
Darf ich mal bitte Ihren Führerschein sehen?	**Das wird teuer!**
Aussteigen bitte.	**Das wird richtig teuer!**
Wissen Sie, weswegen wir Sie anhalten?	**Raten Sie mal, was teurer ist: Nicht angeschnallt sein oder während der Fahrt telefonieren?**
Haben Sie einen Anwalt?	**Dafür gehen Sie fünf Jahre in den Bau.**
Stehen bleiben oder ich schieße!	**Stehen bleiben oder ich schieße!**
Haben Sie getrunken?	**Jetzt geht es gleich zur Blutentnahme.**

dass innerhalb der Zivilbevölkerung immer öfter und nicht ganz zu Unrecht von Verwahnungsgeld die Rede ist.

Vollzug, der:
(vgl. Bahnpolizei) Von Vollzug wird gesprochen, wenn
a) der Zugführer eines ICE o.Ä. am Loklenker alkoholisiert ist.
b) die Deutsche Bahn mal wieder für eine Fahrt mehr Tickets verkauft hat, als die Polizei erlaubt. Der Job des Vollzugsbeamten ist dementsprechend einer der undankbarsten innerhalb aller Polizeidienste: ein Bahnpolizist, der dauerhaft in überfüllten Zügen eingesetzt wird.

W

Waffen, die:
Die Polizei arbeitet mittlerweile, im Gegensatz zur kriminellen Gegenseite, mit einem recht überschaubaren Waffenarsenal: Pistolen und nicht so

folgenschwere Hilfsmittel wie Gummischlagstock ***(vgl. Migränestab)***, Pfefferspray und Handfesseln. Ausnahmen sind Spezialeinheiten, deren Ausrüstung hier aber nicht verraten werden darf, da Spezial!

Wanne, die:
Ein in Berlin geprägter Begriff für den Mannschaftswagen der Polizei ***(vgl. GruKw)***. Die „Wanne" hat sich seit ihrer Blütezeit in den 70er und 80er Jahren schon die ein oder andere Delle eingefangen. Sie wird in erster Linie bei Großeinsätzen wie Fußballspielen oder Demonstrationen eingesetzt, aber auch zur sog. „Gruppenstreife" im täglichen Streifendienst genutzt. In brenzligen Situationen springt dann die Hecktür auf, und höchst motivierte Beamte poltern eindrucksvoll aus dem Fahrzeug. Bis 2015 sollen die rollenden Festungen jedoch nach und nach ausgemustert und gegen kleinere, wendigere Fahrzeuge ersetzt werden. Das bedeutet für die Kollegen zwar bequemere Sitze, aber auch weniger Platz und längere Ein- und Ausstiegszeiten. Und bei entsprechenden Anlässen für den ein oder anderen des polizeilichen Gegenübers ein kleineres und schwerer zu treffendes Ziel.

Wasserschutzpolizei, die:
Ein etwas irreführender Begriff, denn die Wasserschutzpolizei schützt uns gar nicht vor Wasser. So musste die Zentrale der Wasserschutzpolizei im Verlauf der letzten großen Flutkatastrophen mehrfach erschöpft ihre Telefonnummer ändern lassen, da einfach zu viele Bürger anriefen, um Polizeischutz gegen die Fluten anzufordern. Kölns Wasserschutzpolizeisprecher Werner Feuchtheim dazu: Dafür sind wir aber nicht zuständig. In unser Ressort fallen nur Ordungswidrigkeiten, die auf der Wasseroberfläche begangen werden, z. B. falsch parkende Schiffe oder Schlauchbootraser.

Wasserwerfer, der:
Im Polizeijargon auch knackig: „Wawe". Wird bei eskalierenden Demonstrationen gelegentlich zum Mittel der Wahl. Der Begriff als solcher ist etwas missverständlich, denn physikalisch betrachtet, kann man Wasser ja gar nicht werfen, sondern nur gießen oder spritzen. Aus den Akten der internen Polizeizubehörnamensfindungskommission von 1953 geht jedoch klar hervor, dass der Begriff „Wasserspritzer" als a) „sachlich irgendwie falsch" und b) „zu kindisch klingend" einstimmig abgelehnt wurde. Außerdem damals ursprünglich in der engeren Namenswahl Feuchtschleuderer, Taufschüssel, Gießkanne, Spritzpanzer, Weichspüler, Fluttransfusionstülle.

X

X-Akten, die:
Auch gängig als Anglizismus (X-Files, sprich: Ex-Feils). Als solche X-Files (wahrscheinlich benannt nach der erfolgreichen Fernsehserie der 90er) gelten „übernatürliche" Fälle, wie zum Beispiel, wenn jemand zur Wache kommt und eine UFO-Sichtung oder gar die Invasion von geheimnisvollen Marsmenschen meldet. Die meisten Delikte dieser Art werden nie aufgeklärt, was womöglich daran liegt, dass es weder UFOs noch Marsmenschen wirklich gibt. Dennoch gibt es in den Reihen der Polizei eine große Anzahl geheimer X-Sokos (sprich: Ex-Soh-kohs), die den ganzen Tag damit beschäftigt sind, weißen Mäusen und anderen geheimnisvollen Geistern hinterherzuspüren, die betrunkene Autofahrer gesehen haben wollen. Beamte, die in den X-Sokos arbeiten, sind oft Sonderlinge und haben verzweifelte X-Frauen (sprich: Ex-Frauen) ***(vgl. Geisterfahrer).*** Oft werden von den X-Sokos aber auch innerhalb weniger Minuten Geheimnisse gelüftet, für deren Klärung weniger

übersinnlich sensible Kollegen womöglich Monate gebraucht hätten. Der folgende Fall etwa wurde von Inspektor Youri Mulder und seiner Assistentin Tanja Skalli von der PRW 1 in Aachen innerhalb weniger Sekunden zu den X-Akten gelegt: Ein Linienbus war gegen einen Baum gefahren. Auf die Frage, wie das Ganze passiert sei, antwortete der entgeisterte Busfahrer: „Also, ehrlich, ich kann mir das auch nicht erklären. Als der Unfall passierte, war ich gerade hinten beim Kassieren!"

Y

Ying und Yang, das: Zugegeben, fernöstliche Weisheiten wirken vielleicht etwas befremdlich in diesem Büchlein, aber: Auch im Zusammenhang mit der Polizei gilt: Alles hat seine zwei Seiten. Und auch wenns schwerfällt, sollten wir immer versuchen, dies zu berücksichtigen. In diesem Zusammenhang möchte ich euch gern noch einen Leitspruch mit auf den Weg geben, der das Deckblatt alter, verblichener Polizei-Notizhefte, sog. Merkbücher, zierte und den sich jeder von uns, nicht nur als Polizist, öfter mal ins Gedächtnis rufen sollte: „Sei und bleibe höflich!"

Z

Zapfen, das:
(vgl. Blutentnahme)

Zum Schluss, ganz: Ich bedanke mich recht herzlich für eure Aufmerksamkeit. Wenn Ihr noch mehr über meine Zeit und meine Abenteuer bei der Polizei erfahren möchtet, besucht doch einfach mal meine Website www.murattopal.de oder eine meiner Live-Performances in einem Theater ganz in eurer Nähe. Und wenn ihr mich nicht gleich erkennt, dann bin ich der mit dem Giraffenkostüm. In diesem Sinne alles Gute.

Euer Murat

Das Werk wurde durch die Textagentur
www.wort-union.de vermittelt.

Eine Produktion der MT Productions GbR

Fotos:
Denise Ceyhan
Sven Darmer
Imanuel Marcus
Matze Schmidbauer

Postfach 3407 · 26024 Oldenburg
www.lappan.de
Gesamtherstellung:
Druckerei Theiss GmbH
Printed in Austria
ISBN 978-3-8303-3182-7